**Richard Horatio Edgar Wallace**, wurde am 1. April 1875 in Greenwich geboren und starb am 10. Februar 1932 in Hollywood. Er war ein englischer Schriftsteller, Drehbuchautor, Regisseur, Journalist und Dramatiker und gehört zu den erfolgreichsten englischsprachigen Kriminalschriftstellern.

Noch heute gilt er als ein Meister der düsteren Spannung. Seine Romane spielen im London der damaligen Zeit. In Deutschland ist Edgar Wallace berühmt geworden durch eine Reihe von Verfilmungen seiner Werke, u. a. mit Joachim Fuchsberger, Heinz Drache, Klaus Kinski, Elisabeth Flickenschildt, Eddi Arent.

**Alex Barclay** hat einige, von Edgar Wallace verfassten Kurzgeschichten, für den Aravaipa-Verlag neu überarbeitet. Er lebt in mit seiner Familie in der Schweiz.

Ein London-Krimi von

# Edgar Wallace

Nacherzählt von

# Alex Barclay

# Das Silberne Dreieck

und

# Die Dame aus Brasilien

*KrimiEdition*

ISBN 978-3-03864-920-5
Lektorat: Horst u. Fritz Eibl (A)
Umschlaggestaltung: Agentur flin unter Verwendung von
iStock-Foto: NiDerLander
Realisation POD: Brigitta Vasella

Copyright © 2018 by ARAVAIPA–Verlag,
Egg bei Zürich, Freudenstadt, Tucson

ARAVAIPA im Internet: www.aravaipa.ch

# Das Silberne Dreieck
## und
## Die Dame aus Brasilien

# 1. Kapitel
## Ein Mann fürs Leben

Der einzige Mensch, dem Gary Lexfield vertrauen konnte, war ein verkrüppelter Zwerg. Monk hieß er. Das war sein Vorname und auch sein Familienname. Nicht einmal Monk selbst wusste, woher er kam und wer seine Eltern waren. Vielleicht Zigeuner. Vielleicht Einsiedler vom Romney Marsh, einem abgelegenen Sumpfgebiet hundert Kilometer südöstlich von London und hart an der Küste zur Meerenge von Dover.

Irgendwann als Kind war Monk krank geworden. Seine Knochen hatten sich zu immer größer werdenden Verwachsungen gebogen. Nichts an ihm stimmte. Alles war krumm, voller Buckel und mit knorpeligen Wülsten. Ein Auge war ziemlich zugeschwollen, das andere unnatürlich groß. Früher, als alles noch nicht so schlimm gewesen war, hatte ihn ein Mann von Jahrmarkt zu Jahrmarkt mitgenommen. Und die Leute hatten Eintritt gezahlt, um ihn zu sehen. MONK, DER ELEFANTENMENSCH! UNGLAUBLICH, ABER WAHR! EIN SHILLING EINTRITT! KINDER DIE HÄLFTE!

Es war alles schlimmer geworden seither.

Monk wagte sich nicht mehr aus dem Haus.

Wenigstens nicht bei Tageslicht. Nachts ging er ab und zu in den Wald, trieb sich herum mit den Füchsen, und Leute im Dorf behaupteten, dass bei Vollmond ein einzelner Werwolf zu beobachten wäre, jenseits des Flusses im großen Forst.

Die Leute verboten den Kindern, dorthin zu gehen, und einmal, im letzten Winter, als Bobby Allison von der Schule nicht nach Hause kam, holten die Männer vom Dorf ihre Büchsen hervor und veranstalteten eine Hetzjagd durch den Forst. Später fand man Bobby am Fluss. Er war ertrunken. Im Eis eingebrochen und ertrunken. Und irgendwo hatte er Wunden, wie man später behauptete, als Bobby längst begraben war. Wunden von Zähnen und Krallen.

Monk zeigte sich nie jemandem. Er blieb im Haus auf dem Maple Hill, und er machte nie Licht an, wenn er alleine war. Das eine Auge, das er noch hatte, war ein gutes Auge. Er konnte nachts damit so gut sehen wie eine Katze. So verrichtete Monk die Arbeiten im großen Park draußen, wenn es dunkel war, und tagsüber verkroch er sich im Kellergewölbe des alten Hauses, in einer geheimen Gruft, die er zufällig entdeckt hatte.

Außer ihm wusste niemand von der Gruft. Auch nicht der Mann, dem Monk das Leben verdankte. Gary Lexfield, den die Leute vom Dorf Lord Lexfield nannten, obwohl er selbst Adelstitel zu seiner Person nie in den Mund nahm, so dass die Dorfleute nicht sicher waren, ob er überhaupt ein richtiger Lord war.

Auf jeden Fall war Gary Lexfield der Besitzer des Herrschaftshauses auf dem Maple Hill, das fast hundert Jahre lang leer gestanden hatte, weil die ehemaligen Besitzer keinen Käufer finden konnten. Das Haus zwischen den mächtigen alten Bäumen und dem ineinander verwachsenen Buschwerk sah düster und verboten aus. Die Mauern, aus Granit-Quadersteinen errichtet, waren mit Moos und Efeu bewachsen. Das Haus hatte viele Erker und Zinnen, so dass es fast wie ein Schloss aussah, schmale Fenster, die vergittert waren, und eine hohe Mauer darum herum.

Von der Ebene herauf führte ein alter Karrenweg in zwei Kehren zum großen Tor, das immer zugesperrt war. Die Leute im Dorf wussten wenig über Lexfield, waren aber stolz darauf, ihren eigenen Lord zu haben. Und sie wagten es nicht, zum Haus auf dem Hügel hinaufzugehen, auch wenn sie noch so von der Neugier geplagt wurden. Auf dem Haus laste ein Fluch, wurde hinter vorgehaltener Hand gemunkelt, denn in diesem alten Gemäuer hatten vor mehr als hundert Jahren fünf Menschen einen grausamen Tod gefunden. Im Dorf gab es zwar keine Leute mehr, die damals schon am Leben gewesen waren, nicht einmal der alte Joe Hatch, aber in der Kirchenchronik konnte man alles nachlesen, was damals passiert war. Und so wussten es die Leute, so als ob sie es selbst erlebt hätten, auch die Kinder.

Reverend Walsh warnte oft vor dem Haus. Er selbst war einmal oben gewesen. Während eines Gewitters hatte er bei der Mauer Schutz gesucht, und beinahe war er vom Blitz erschlagen worden. Seither hatte er ein Brandmal an der linken Hand, eine schrumpelige Narbe. Seither fürchteten sich die Leute noch mehr als je zuvor.

*

Es war September, als Gary Lexfield wieder einmal ein Wochenende im Haus auf dem Hügel verbrachte.

Ein strahlender blauer Himmel wölbte sich über dem Land. Der Forst leuchtete in bunter Herbstpracht, mit blutrotem Ahorn, mit goldenen Pappeln und dunkelgrünen Nadelbäumen. Die Luft war so klar, dass man vom Ostflügel des Hauses aus London hätte sehen können, wenn über der Stadt nicht eine Dunstwolke gehangen hätte.

Lexfield hatte eine junge, sehr hübsche Frau mitgebracht. Sie war so schön, dass Monk zuerst glaubte, sie wäre ein Engel, den sich Lord Lexfield vom Himmel geangelt hatte. Langes blondes Haar fiel ihr in sanften Wellen über die Schultern, und umrahmte ein schmales, liebliches Gesicht mit großen blauen Augen. Monk wollte sich ihr nicht zeigen, aber Lord Lexfield lachte, legte ihm eine Hand auf die Schulter und erklärte, dass er nichts zu fürchten hätte, denn bei der jungen Frau handle es sich um einen außergewöhnlich liebenswerten Menschen.

Am Abend, als im Speisesaal auf dem Tisch Kerzen brannten und im Kamin ein Feuer knisterte, führte Mister Lexfield Monk herein und stellte ihn der jungen Dame vor. »Das ist mein persönlicher Diener und der gute Geist hier im Haus, meine Liebe«, sagte er. »Monk ist sein Name.«

Der Lichtschein des Kaminfeuers tanzte über dem verwüsteten Gesicht Monks. Sein Mund, ein Loch zwischen höckerigen Wülsten, verzog sich etwas. Krumm auf seinen Stock gestützt, verbeugte er sich mühsam und streckte der jungen Dame seine linke Hand hin, die von der

Krankheit noch nicht so stark befallen war.

Wenn er erwartet hatte, dass die junge Dame zurückfahren oder gar einen Schrei des Entsetzens ausstoßen würde, sah er sich getäuscht. Sie ergriff seine Hand und drückte sie fest, während sie ihm ohne Scheu ins Gesicht sah.

»Ich freue mich sehr, dich wohlauf zu sehen, Monk«, sagte sie mit einer hellen, freundlichen Stimme. »Mr. Lexfield hat mir viel von dir erzählt.«

»Willkommen auf Maple Hill«, sagte Monk, und man musste schon sehr genau hinhören, um seine Worte zu verstehen, denn sie bestanden aus krächzenden Lauten, die tief aus seinem Inneren zu kommen schienen.

In aller Heimlichkeit und wann immer sich ihm die Gelegenheit bot, beobachtete Monk an diesem Abend die junge Dame, die fast noch ein Mädchen war. Und später, als es still war im Haus, ging er hinunter in die Gruft, wo er im Dunkeln saß und grübelte. Er fürchtete um die junge Dame. Und er befürchtete, dass Mr. Lexfield von ihm verlangen würde, sie umzubringen, denn sein Herr und Meister hatte seine dunklen Seiten, die er, Monk, als einziger kannte.

Dieser schreckliche Gedanke plagte ihn die ganze Nacht hindurch. Er konnte gar nicht einschlafen. Ruhelos wanderte er in der Gruft umher, hockte sich auf die alten Steinsärge und raufte sein borstiges Haar. Warum nur vertraute dieses edle und sicherlich auch intelligente Geschöpf einem Mann wie Mr. Lexfield? Hatte sie denn die Gefahr in der sie sich hier befand tatsächlich nicht erkannt? Oder konnte es sein, dass sie mit ihm ihr eigenes Spiel trieb und ihre eigenen Ziele verfolgte. Wie gefährlich das für sie werden konnte, wusste sie bestimmt nicht, und so wünschte sich Monk es nie mehr Tag werden, doch irgendwann drang ein bisschen Licht durch eine Spalte in die Gruft hinein, und Monk ging nach draußen, wusch sich in einem Quelltümpel bevor er sich zurück ins Haus begab, um das Frühstück zu machen.

Er war in der Küche, als Mister Lexfield hereinkam. Lexfield trug seinen samtenen Morgenmantel mit dem goldenen Monogramm kunstvoll auf die Brusttasche gestickt. Er sah munter aus, so als hätte er gut geschlafen. Sein Haar war wie immer sorgfältig gescheitelt und gekämmt. Er war frisch rasiert und roch nach Rasierwasser.

»Elsa wird hierbleiben«, sagte er, während er zum Fenster hinausblickte.

Monk fröstelte.

»Ich weiß nicht genau, wann ich wieder hierher komme, Monk«, sagte Lexfield vom Fenster her. »Es kann einige Wochen dauern, zwei oder drei.«

Monk sagte nichts. Er setzte Tee auf.

»Wir haben einen neuen, sehr schönen Buntsprecht im Garten«, sagte Mister Lexfield plötzlich. »Ist er dir schon aufgefallen, Monk?«

Monk nickte, und nun drehte sich Lexfield vom Fenster weg. Lächelnd ging er auf Monk zu.

»Ich kann mich auf dich verlassen, nicht wahr, Monk?«, fragte er und legte ihm den Arm um die Schultern. Monk konnte nicht verhindern, dass er zusammenzuckte und am ganzen Körper zu zittern anfing.

»Ist dir nicht gut?«, fragte Lexfield. »Mein Freund, du zitterst ja.«

Monk schüttelte den Kopf. »Es ist gut, Sir«, presste er hervor. »Ich habe in dieser Nacht wenig geschlafen.«

Irgendwo im Haus ertönte die helle Stimme von Elsa. Sie rief nach Mr. Lexfield, der die Küche sofort verließ. Wenig später sah Monk die beiden vom Fenster aus, wie sie durch den Park schlenderten, über die Wiese, die mit einem bunten Teppich von Herbstblättern bedeckt war. Elsa hakte sich bei Mr. Lexfield ein und hüpfte wie ein junges fröhliches Mädchen neben ihm her. Und Monk hörte sie lachen und sah Mr. Lexfield zum Fluss hinunter zeigen, wo sich ein ganzer Schwarm von Wildenten aus dem Wasser flatterte und dicht über ein Stoppelfeld hinweg flog.

Es war ein wunderschöner Sonntagmorgen, aber Elsa hatte nicht die geringste Ahnung, dass es ihr letzter sein sollte.

\*

Raymond Poiccart hatte auf dem Blumenmarkt eine einzige wunderschöne Orchidee von zartem Lila gekauft. Und irgendwo im Haus in einem Schrank, dessen Geheimnisse nur ihm vertraut waren, fand er eine dazu passende, äußerst elegante Vase mit schlankem Hals. Er tauschte sie gegen die chinesische Vase aus, die sonst auf dem kleinen Marmortisch im Salon stand, drehte die Blüte ins Licht des Lüsters und war schließlich mit sich und der Welt zufrieden.

George Manfred, der es sich mit der Abendausgabe des *Daily Megaphon* auf dem Sofa bequem gemacht hatte, blinzelte über den Zeitungsrand hinweg und gab ein Geräusch von sich, das Poiccart für ein Kompliment hielt.

»Ich wusste gar nicht, dass dir Schönheit auffallen könnte, wenn sie nicht einen Rock trägt, mein Freund«, sagte Poiccart so trocken, dass George den Kopf einzog und sich sogleich wieder hinter der Zeitung versteckte.

Leon Gonsalez kam spät nach Hause. Er hatte das neueste Buch des Gesichtsforschers Signore Paolo Mantegazza aufgestöbert und freute sich so sehr darüber, dass ihm weder die Vase noch die Orchidee auffielen. Poiccart nahm sich insgeheim vor, demnächst einen Kaktus auf das Marmortischchen zu stellen. In diesem Moment klingelte das Telefon.

»Soll ich?«, fragte Poiccart. Er fragte selten. Meistens nahm er gleich die Gespräche entgegen, denn er hielt sich selbst für den einzigen qualifizierten Anrufbeantworter im Haus, eine Eigenschaft, die ihm niemand streitig machen wollte. Auch diesmal nickte ihm Leon Gonsalez aufmunternd zu.

Poiccart nahm den Hörer vom Haken, und bevor er auch nur sagen konnte, wer er war, meldete das Mädchen vom Amt ein Ferngespräch aus Paris. »Für Mr. Manfred.«

»Moment, bitte schön!« Raymond Poiccart streckte George den Hörer entgegen. »Hier, für dich«, sagte er so, als wäre es schon fast ein Verbrechen, nach achtzehn Uhr einen Anruf zu kriegen. »Paris, selbstverständlich.«

Leon, der sich mit seinem Buch in sein Zimmer zurückziehen wollte, blieb stehen.

»Selbstverständlich?«, fragte er verständnislos und entschied sich dazu zu tun, was er eben hatte tun wollen, nämlich umgehend sein Zimmer aufzusuchen. Dies schien einer jener besonderen Abende zu sein, an denen Poiccart sich mit niemandem vertrug, schon gar nicht mit Manfred, dessen unbekümmerte Art ihm ab und zu gehörig auf die Nerven ging.

Poiccart beobachtete George, während dieser telefonierte. Zuerst schien es tatsächlich so, als hätte George Manfred jemanden an der Strippe, mit dem er fröhliche Erinnerungen teilte, doch dann wurde er plötzlich ernst.

»Elsa?«, fragte er. »In Zürich?« Mit einem Mal bekam plötzlich seine Stimme einen geschäftsmäßigen Klang. Er drehte Poiccart den Rücken zu. »Verschwunden? Seit wann? Oh, drei Wochen sind vergangen? Sir, sind Sie sicher, dass Elsa nicht irgendwo ...«

Manfred wurde unterbrochen, und von jetzt an hörte er fast eine Viertelstunde lang zu, bevor er wieder etwas sagte.

»Selbstverständlich kann ich nach Zürich fliegen, Sir«, sagte er, und Poiccart runzelte die Stirn. Um ihre Barschaft stand es momentan nicht so gut, auch das Bankkonto war überzogen, und so blieb Raymond Poiccart im Moment nur die Hoffnung, dass sich George Manfred an diese leidige Tatsache erinnerte, bevor er irgendwem irgendwelche kostspieligen Zusagen machte. Es schien, als ob Manfreds Gesprächspartner Poiccarts Gedanken erraten hätte, denn plötzlich grinste Manfred von einem Ohr zum anderen, zwinkerte Poiccart zu und sagte: »Selbstverständlich, Sir. Darf ich Ihnen unsere Kontonummer durchgeben?«

Poiccarts Gesicht hellte sich auf. Er tat, als interessiere ihn der Anruf überhaupt nicht mehr, ging in die Küche und setzte Teewasser auf. Im Salon war es eine Weile still. Dann sagte Manfred: »Fünfhundert Pfund? Sir, das wird sicherlich vorerst genügen. Natürlich werde ich sofort den Flug buchen. Jawohl, Sir. Sie dürfen sich auf das Silberne Dreieck verlassen. Zu Ihren Diensten, Sir. Vielen Dank für ihr Vertrauen, Sir. Auf Wiedersehen, Sir.«

Poiccart schepperte mit den Teetassen, die er auf ein silbernes Tablett stellte. Aus dem Augenwinkel und durch den Türspalt sah er, wie Manfred den Telefonhörer so sanft auflegte, als wäre er zerbrechlich. Dann ging er zum Sofa, ließ sich nieder und widmete sich wieder der Zeitung.

Poiccart nahm das Tablett mit der Teekanne

und den Tassen von der Anrichte, balancierte es geschickt auf seiner erhobenen Hand und trug es in den Salon. »Ich habe Tee aufgegossen, George«, sagte er so freundlich, dass sein Partner überrascht aufblickte.

»Nett von dir«, sagte er.

Poiccart setzte sich auf den Polsterstuhl. »Er muss noch etwas ziehen«, sagte er. »War ein hübscher Herbsttag heute, nicht wahr?«

Manfred hob eine Braue. »Ausgesprochen hübsch. Was meinst du, wie sieht Zürich im Herbst aus?«

»Ich war noch nie in Zürich.«

»Ach, ja.« Manfred faltete die Zeitung zusammen und legte sie auf die Rückenlehne des Sofas. Er wusste genau, dass Poiccart es hasste, wenn man Zeitungen irgendwo hinlegte, anstatt sie in den kleinen Messingständer zu tun, der extra zur Aufbewahrung von Zeitschriften und Zeitungen neben dem Sofa stand.

Leon kam aus seinem Zimmer. »Ich rieche Tee«, sagte er. »Gibt es einen besonderen Grund für ein trautes Zusammensein?«

»Manfred fliegt nach Zürich«, sagte Poiccart. »Das ist doch deine Absicht, George, oder ist es etwa nicht so?«

George Manfred lächelte. »Ich wusste doch, dass du zugehört hast, mein Freund. Und jetzt brennt mir deine Neugierde fast ein Loch ins Hemd.« Er lehnte sich weit zurück und holte Luft. »Ich glaube, wir haben endlich wieder einen äußerst lukrativen Auftrag«, meinte er nicht ohne Stolz. »Und demnach sind unsere Zukunftsaussichten recht vielversprechend.«

Leon setzte sich. »Was erwartet dich in Zürich, George?«, fragte er. »Eine Gans, die goldene Eier legt?«

»Was hältst du denn von einem Vorschuss von fünfhundert Pfund, der morgen früh auf unser Konto überwiesen wird?«

»Nicht viel«, gab Leon zu bedenken. »Ich meine natürlich nicht die Summe, George.«

»Ich weiß, dass es nicht zu den Geschäftsgepflogenheiten des Silbernen Dreiecks gehört, Vorschüsse anzunehmen, mein Freund, doch in diesem Fall erschien es mir angebracht, eine Ausnahme zu machen. Unser lieber Freund, Raymond, der es sich zur Pflicht gemacht hat, über unsere kargen Finanzen zu walten, kann dir bestätigen, dass wir wieder einmal, und wie schon so oft, ziemlich knapp bei Kasse sind.«

»Den Preis für einen dieser Flüge nach Zürich könnten wir uns auf gar keinen Fall leisten«, bestätigte Poiccart.

Leon blickte seine beiden Partner forschend an. Es hatte den Anschein, als wären sie eben dabei, sich gegen ihn zu verschwören. »Darf ich vielleicht fragen, wer der großzügige Arbeitgeber ist und um was es sich bei diesem Fall handelt?«

»Setz dich zu uns«, forderte Manfred seinen Partner auf.

Leon Gonsalez, ein dunkelhaariger Mann, mittelgroß und von hagerer Statur, machte es sich im anderen Polsterstuhl bequem. Und so saßen an diesem Abend jene Männer im kleinen Haus an der Curzon Street einträchtig beisammen, die man früher die drei Gerechten genannt hatte.

George Manfred, den die anderen beiden oft gern als ihren Anführer sahen, um ihn an Verantwortung und Pflichtbewusstsein zu gewöhnen; Raymond Poiccart, der sich für einen geborenen Butler hielt und so, aus distanzierter Sicht, seine Mitmenschen zu ergründen suchte; und Leon Gonsalez, der kühle Menschenkenner mit dem unheimlichen Kombinationstalent. Zusammen waren sie das »Silberne Dreieck«, eine Detektiv-Agentur, die es in der kurzen Zeit ihres Bestehens zu einiger Berühmtheit gebracht hatte; gefürchtet von Londons Unterwelt, argwöhnisch respektiert von Scotland Yard.

»Elsa Monarty ist spurlos verschwunden«,

erklärte nun George Manfred seinen Partnern. »Vor drei Wochen schickte sie einen Brief nach Hause, in dem sie ihren Eltern mitteilte, dass sie den Mann ihres Lebens getroffen habe. Dieser Brief ist das letzte Lebenszeichen von ihr.«

»Monarty?« Leon blickte so nachdenklich in seine Teetasse, wie eine Wahrsagerin in ihre Kristallkugel. »Der Name ist mir nicht ungeläufig, es gelingt mir jedoch nicht, ihn unterzubringen.«

»Richard Monarty«, sagte Manfred. »Internationaler und zumeist illegaler Waffenhandel. Pariser Verbindung zur Mafia. Ein Mann, für den sich die Behörden von mindestens zwei Dutzend Staaten interessieren dürften, ganz zu schweigen von Scotland Yard. Lebt im Ausland. Soviel mir bekannt ist, ist es Richard Monarty sogar verboten, britisches Hoheitsgebiet zu betreten. Bestechung hoher Beamter und Steuerhinterziehung werden ihm vorgeworfen!«

»Wusste doch, dass ich ihn kenne«, lächelte Leon Gonsalez. »Ich hatte schon persönlich mit ihm zu tun. Erinnert ihr euch? Es gelang mir beinahe, ihm das Schwindelgeschäft mit Ägypten nachzuweisen, das hätte ihn Kopf und Kragen kosten können.«

»Und einige unserer hochrangigen Staatsangestellten, die sich eigentlich uns gegenüber zu verantworten hätten wenn sie schon von uns bezahlt werden, wären wohl in den Knast gewandert«, ergänzte George die Erinnerungen Leons.

»Da erhebt sich allerdings die Frage, warum sich ein weltweit gesuchter Verbrecher in seiner persönlichen Not an uns wendet«, gab Raymond Poiccart zu bedenken.

»Weil er mir vertraut«, antwortete George Manfred ohne zu zögern. »Ich traf ihn und seine Familie im letzten Winter in Grenoble. Seine Frau ist, im Gegensatz zu ihm, eine hervorragende Schifahrerin. Ich habe mit ihr ein paar Tiefschneeabfahrten gemacht, während Mister Monarty sich die Zeit am Idiotenhügel vertrieb.«

»Und dabei wirst du bestimmt auch Elsa kennengelernt haben.«

Manfred hob den Blick zur Decke. »Elsa«, stöhne er schwärmerisch. »Ein hübsches und geheimnisvolles Kind. Von zierlicher Schönheit. Blond, scheu wie ein Reh, aber ich war mir die ganze Zeit sicher, dass tief in ihr ein sehr beachtliches Temperament versteckt ist.« Manfred beugte sich vor und schwelgte in seinen Erinnerungen. »Damals hatte sie kurz zuvor eine Klosterschule in der französischen Schweiz verlassen, ein Schritt, der sie ziemlich durcheinander brachte. Sie wusste nicht, was sie mit ihrem Leben anfangen sollte. Sie hatte keine Pläne, kein Ziel und keine Freunde. Außerdem fiel mir auf, dass sie mit ihrer Mutter nicht gerade das beste Verhältnis hatte. Nun, ich riet ihr, die Welt zu sehen, ein Rat, den sie sich offenbar zu Herzen nahm. Elsa treibt sich seit dem letzten Winter in ganz Europa herum.«

»Eine kostspielige Art der Selbstfindung«, konstatierte Poiccart kühl. »Ich nehme an, der Herr Papa bezahlt diese extravagante Lebensart seiner Tochter.«

»Ich ließ mir sagen, dass Elsa eigenes Vermögen hat. Verteilt auf verschiedene Banken, hauptsächlich aber auf dem Konto einer Privatbank in Zürich. Von diesem Konto hat Elsa, zwei Tage nachdem sie in Monte Carlo den letzten Brief aufgegeben hat, achtundzwanzigtausend Schweizer Franken abgehoben. Ebenfalls in Zürich hat sie einen Barscheck über sechstausend Franken eingelöst, und zwar auf einer Züricher Kantonalbank. Insgesamt hat sie also vierunddreißigtausend Franken abgehoben, und natürlich ist das Geld mit ihr verschwunden.«

Manfred brach ab und lehnte sich zurück. Er blickte Leon an, der ein bisschen von seinem

Tee trank.

»Irgendwelche Anhaltspunkte?«, erkundigte sich Poiccart. »Den Mann ihres Lebens betreffend, meine ich?«

Manfred schüttelte den Kopf. »Monarty hat mir den Brief am Telefon vorgelesen. Eine Kopie ist per Eilpost unterwegs und wird wahrscheinlich morgen hier eintreffen. In Elsas Brief steht nur, sie hätte einen Mann kennen gelernt, in den sie sich verliebt habe. Entweder war Elsa die Sache selbst nicht ganz geheuer, oder sie fürchtete Einwände ihrer Familie.«

»Oder der Mann ihres Lebens hat Elsa gebeten, vorerst ihr Verhältnis zueinander geheimzuhalten«, sagte Leon. »Es könnte sein, dass wir es hier mit einem Heiratsschwindler zu tun haben, und zwar einem von der übelsten Sorte.«

»In drei Wochen kann vieles passiert sein, George. »Richard Monarty sollte sich auf alles gefasst machen.«

»Am besten ist es, wenn du den Brief abwartest, bevor du nach Zürich fliegst«, schlug Poiccart vor. »Vielleicht steht doch mehr drin, als es den Anschein hat. Man überhört leicht etwas, was einem beim Durchlesen sofort auffällt. Und warum Zürich und nicht Monte Carlo? Wirst du über die Banken etwas erfahren können? Das halte ich für äußerst unwahrscheinlich. Und auch die schweizerischen Behörden werden dir kaum irgendwelche Auskünfte geben.«

»Ich fliege morgen am Nachmittag«, sagte Manfred, bevor er aufstand und zum Fenster ging. Es war Nacht draußen. Ein paar Autos fuhren langsam durch die Curzon Street. Von der Themse herauf krochen die ersten dünnen Nebelschleier durch die Häuserlücken. Im Haus auf der anderen Straßenseite zog Mrs. Tripplestick, eine ältere Dame und verwegene Bridgespielerin, die Vorhänge zu. Manfred dachte an den Urlaub in Grenoble zurück, an Elsa Monarty und wie enttäuscht sie an jenem Abend war, als er ihr sagte, dass er am nächsten Tag nach London zurückreisen würde.

*

Der Brief kam schon am nächsten Morgen per Eilboten. Manfred nahm ihn persönlich entgegen, gab dem Mann von der Post ein Trinkgeld und kam in das Esszimmer, wo Poiccart und Gonsalez am Frühstückstisch saßen. Es roch im ganzen Haus nach Kaffee, angebratenem Schweinehirn und Ei, und eigentlich war es eine feste Regel im Haus des Silbernen

Dreiecks, dass beim Frühstück keine Fälle erörtert wurden.

Wie mit allen Regeln gab es natürlich auch hier Ausnahmen, und als Manfred mit dem Brief hereinkam, forderten ihn die neugierigen Blicke seiner Partner geradezu auf, ihn zu öffnen.

Manfred tat dies behutsam mit einem chinesischen Krummdolch, mit dem im Jahr zuvor ein kleiner Gauner namens Lew Leveson umgebracht worden war. Der Innenminister persönlich hatte dafür gesorgt, dass dieses kunstvoll gearbeitete Mordinstrument nicht in irgendeiner Archiv-Schublade von Scotland Yard verstaubte, sondern in den Besitz von Leon Gonsalez überging, mit dem der Minister seit einiger Zeit befreundet war.

Im Umschlag befanden sich eine Notiz von Richard Monarty und ein Barscheck von sage und schreibe fünftausend Pfund.

*Lösen Sie bitte den Scheck ein. Das Geld soll Ihnen jederzeit zur freien Verfügung stehen, Mr. Manfred. Wir wissen ja nicht, wohin Sie die Spur führen wird, falls es eine solche überhaupt gibt. Bitte lassen Sie mich sofort wissen, wenn sich etwas ergibt. Sonst haben Sie absolut freie Hand. Und bitte, bedenken Sie, dass Geld keine Rolle spielt. Ich will meine Tochter zurück. Lebend!*

Der andere Brief war von Elsa Monarty an ihre Eltern, aufgegeben in Monte Carlo. Elsa berichtete darin, wo sie während der letzten Wochen überall gewesen war und dass sie bereits seit bald zwei Monaten einen Mann kenne, für den sie sehr viel übrig hätte. Wörtlich schrieb sie in ihrer zierlichen Handschrift:

*Mein geliebter Vater, frag mich bitte nicht, wer er ist! Glaube mir, dass ich in ihm ein Stück von Dir sehe, und zwar ein ganz besonderes. Du würdest überrascht sein, glaube mir. Ich hoffe, dass wir demnächst heiraten werden. Auf jeden Fall glaube ich, dass ich den Mann fürs Leben gefunden habe, ganz gleich, ob Ihr damit einverstanden seid oder nicht. Bitte, versucht nicht, herauszufinden, wer er ist. Einmal wenigstens solltet Ihr versuchen, mir zu vertrauen.*

Dann folgten ein paar Sätze, die an ihre Mutter gerichtet waren, Grüße an ihre Geschwister und noch einmal die Bitte um ihr Vertrauen.

Elsa schloss mit dem Satz: »Ich liebe Euch alle!« Und neben ihrer Unterschrift hatte sie ein rundes, lachendes Gesicht hingemalt, etwas kindisch, wie Poiccart fand, aber irgendwie passte es doch zu ihr.

»Es sieht nicht so aus, als ob Elsa Monarty irgendwelche Befürchtungen gehegt hätte, als sie diesen Brief schrieb«, sagte Leon Gonsalez.

»Im Gegenteil, sie schien glücklich und frohen Mutes gewesen zu sein.«

»Nicht den geringsten Anhaltspunkt, der den Mann ihres Lebens betreffen könnte«, antwortete Manfred.

»Außer, dass sie in ihm ein Stück ihres Vaters entdeckt hat«, sagte Poiccart und schob eine Gabel Hirn mit Ei in seinen Mund. »Und zwar ein ganz besonderes. Was sie wohl damit gemeint hat?«

Manfred faltete die beiden Briefe zusammen und tat sie in den Umschlag. Er wusste auch nicht, was Elsa damit gemeint haben könnte. Richard Monarty hatte viele Eigenschaften, um die man ihn als Tochter hätte beneiden können und einige, von denen Elsa wahrscheinlich keine Ahnung hatte.

Raymond Poiccart und Leon Gonsalez waren erfreut, dass endlich Geld auf ihr Konto kam, und George Manfred rief nach dem Frühstück den Flughafen an und buchte den nächsten verfügbaren Linienflug auf einem Handley W.10 Doppeldecker nach Paris und von dort weiter nach Zürich.

## 2. Kapitel
## Zürich ist kein Zirkus

Manfred hatte eigentlich keine Ahnung, wo er in Zürich anfangen sollte, nach Elsa Monarty zu suchen. Noch im Flugzeug las er ihren Brief aus Monte Carlo zum dritten und vierten Mal durch, ohne darin etwas zu finden, was ihm hätte weiterhelfen können.

Es war Spätnachmittag, als die W.10 der Ad Astra Aero den Flugplatz Dübendorf anflog. Zürich, die größte Stadt der Schweiz, funkelte und strahlte mit seinen Lichtern in der Dämmerung. Aus der Luft sah der Züricher See aus wie eine schwarze tiefe Öffnung, mit vielen kleinen Lichteransammlungen an den Rändern, dort, wo sich die Dörfer und Ansiedlungen befanden. Die Maschine flog einen weiten Bogen, neigte sich über die beiden rechten Flügel, so dass durch die linken Fenster nur noch der Himmel zu sehen war, richtete sich wieder auf und flog in gerader Linie die Landepiste an. Positionslichter blinkten auf, blaue Pistenmarkierungen, dann kam die Maschine mit den Rädern auf, sanft, fast so, als wollte sie den harten Beton nicht berühren. Sie erzitterte mit einem dumpfen Dröhnen, bevor sie auf der Piste ausrollte.

Da George Manfred der deutschen Sprache mächtig war, hatte er keine Schwierigkeiten, sich in Zürich zu verständigen. Er nahm sich im Hotel Bellevue ein Zimmer und besuchte anschließend ein Restaurant am See, das für seine Fischgerichte berühmt war. Er entschied sich für Egli-Filet, trank dazu einen leichten französischen Wein und genoss diesen ersten Abend, als wäre der heutige Tag der Beginn eines Urlaubes. Später wanderte er durch die hellerleuchtete Bahnhofstraße, staunte über die exorbitanten Preise für exklusive Damen- und Herrenmode, ausgestellt in schön dekorierten Auslagefenstern der Pariser Haute Couture, betrachtete eine Weile einen Reisekoffer aus Krokodilleder, der über tausendzweihundert Schweizer Franken wert sein sollte, trank in verschiedenen Lokalen der Zürcher Altstadt drei, vier Whiskys und einen zu viel. Kurz nach elf Uhr wurde er von zwei Stadtpolizisten um seinen Ausweis gebeten, als er zwischen den Schienen der Straßenbahn balancierte, als wäre dies eine ganz besonders akrobatische Leistung. Da er seinen Pass im Hotel gelassen hatte, versuchte er sein Glück mit einem alten Witz. Die pflichtbewussten Beamten waren jedoch nicht zum Scherzen aufgelegt.

»Sorry«, sagte der eine, ohne die Miene zu

verziehen, »wir sind hier nicht im Zirkus!«

Sie nahmen Georg Manfred mit ins Revier und ließen ihn in einer Zelle übernachten. Am nächsten Morgen begleitete ihn ein Beamter in Zivil ins Hotel. Dort lag in seinem Schlüsselfach eine Nachricht von Mr. Monarty, George Manfred solle ihn in Paris anrufen. Manfred zeigte dem Beamten in Zivil seinen Pass, und damit war alles wieder in Ordnung. Der Beamte riet ihm nur noch, das nächste Mal bis eine Stunde nach Mitternacht zu warten, wenn er ungestört zwischen den Straßenbahnschienen herumtreiben wollte. »Zu der Zeit befinden sich unsere Trams nämlich bereits im Depot«, machte er Manfred auf Englisch klar.

»Wie weit liegen denn diese Schienen überhaupt auseinander?«, fragte Manfred, während er den Beamten zum Ausgang geleitete.

»Mehr als einen Meter«, gab dieser nachsichtig lächelnd zurück. »Und Sie hatten gestern ziemliche Schwierigkeiten, das Gleichgewicht zu halten. Auf fünfzig Metern sind Sie siebenmal über die linke oder die rechte Schiene gestolpert. Wir haben beim Zuschauen staunend mitgezählt.«

Manfred lachte. »Gott sei Dank hat das Auffangnetz gehalten«, sagte er, und der Beamte sah ihn für einen Moment an, als hätte er nicht alle Tassen im Schrank.

*

Wieder zurück in seinem Zimmer, rief George Manfred Paris an. Nachdem die Verbindung stand, meldete sich Mister Richard Monarty persönlich. Er wollte sich nur vergewissern, dass Manfred gut in Zürich angekommen war. Wahrscheinlich hoffte er auch, dass Manfred schon etwas wusste. Die Sorgen um Elsa quälten ihn. Er war kein Mann, der sich in einem solchen Fall Illusionen hingab, und doch wollte er nicht einmal daran denken, dass Elsa etwas Schlimmes zugestoßen sein könnte.

»Ich kann mir nicht vorstellen, dass sie sich noch in Zürich aufhält«, sagte er. »Vielleicht erinnert man sich in einem Reisebüro an sie oder an einem Schalter im Bahnhof oder der schweizerischen Fluggesellschaft. Es könnte auch sein, dass sie ein Auto gekauft hat oder mit dem Zug nach Österreich gefahren ist. Bitte, versuchen Sie alles!«

»Keine Sorge, Sir. Ich bin sicher, dass sich irgendjemand hier an Elsa erinnern wird. Sie kann sich nicht in Luft aufgelöst haben, ganz gleich, wie sie Zürich verlassen hat.« Dann fragte er seinen Auftraggeber, warum er meine, seine Tochter sei nach Österreich gefahren.

Monarty hatte dafür zwar keine Erklärung, meinte aber, dass sie dem Mann, von dem Elsa in ihrem Brief geschwärmt habe, in jungen Jahren während eines Familienurlaubes in Tirol begegnet sein könnte, sozusagen eine Bekanntschaft aus ihrer Kindheit.

»Bringen Sie mir meine Tochter wohlbehalten zurück«, bat Richard Monarty noch einmal, bevor er auflegte. »Sollte Ihnen dies gelingen, überweise ich Ihnen eine runde Summe von hunderttausend Pfund.«

Manfred gab sich gelassen, obwohl er beinahe die Fassung verlor, bedankte sich, und machte sich sogleich auf den Weg zu einer der Privatbanken an der Bahnhofstrasse.

*

Von den beiden Banken, bei denen Elsa ein Konto hatte, erfuhr Manfred zwar nichts Neues, erhielt aber immerhin einige wenige ziemlich belanglose Auskünfte. Einer von denen war, dass Elsa hatte ihr gesamtes Geld abgehoben und die Konten aufgelöst. Der Direktor der Privatbank, ein älterer Herr mit einem Gesicht, das Manfred an eine Eule erinnerte, meinte bedächtig, dass Elsa Monarty offenbar die Absicht gehabt hatte, einige Brücken hinter sich abzubrechen.

»Ich habe ihr gesagt, dass es unklug ist, ein Konto aufzulösen, welches sie sich mit einem Rest Schweizer Franken als Kapital erhalten könnte, aber sie bestand auf die Auflösung ihres persönlichen Kontos.«

»Hat sie den Eindruck gemacht, als wäre sie in Eile?«, fragte Manfred.

Der Bankdirektor überlegte, wiegte den Kopf und nahm einen Zug aus seiner Pfeife. »Nein, eigentlich nicht«, sagte er dann, umhüllt von blauem Dunst. »Nein, sie war sehr freundlich, und es schien, als hätte sie sich alles reiflich überlegt.«

»Und kein Wort über ihre Zukunftspläne?«

»Sie hat gesagt, dass sie heiraten wird. Das ist alles. Und dieser Umstand schien sie sehr glücklich zu machen.«

»Ihren Ehemann, oder den Bräutigam, den haben Sie nie zu Gesicht bekommen?«

»Also, ich habe Fräulein Monarty hinaus-geleitet, und da sah ich ihn kurz auf der anderen Straßenseite, wo der Wagen geparkt war. Er öffnete zuerst die Fahrertür, und ich fürchtete schon, er würde einfach einsteigen, ohne Rücksicht auf seine Braut, aber dann kam er doch um den Wagen herum und hielt ihr die Tür auf, wie es sich für einen Gentleman gehört.«

»Haben Sie sein Gesicht gesehen?«

»Vielleicht ein oder zwei Sekunden. Aber ich könnte nicht behaupten, ich wüsste, wie er aussieht. Schlank war er, das fiel mir auf. Und er trug einen modischen dunklen Anzug. Nadelstreifen, glaube ich.«

Manfred bat den Direktor, ihm zu zeigen, wo der Wagen geparkt gewesen war, übrigens ein italienischer Sportwagen der Marke Fiat.

»Ist Ihnen denn eventuell sonst noch etwas aufgefallen, was von Bedeutung sein könnte?«

»Hm, eigentlich nicht. Das heißt, mir fiel auf, dass sie ihm um den Hals fiel, nachdem er ausgestiegen war. Es war ein schöner, warmer Vormittag, und ich ging nicht gleich in mein Büro zurück, nachdem ich mich von Elsa Monarty verabschiedet hatte. Ich sah, wie sie ihm um den Hals fiel und wie sie einstieg.«

»Gab sie ihm vielleicht etwas oder er ihr? Ein Geschenk? Für das sie sich mit einem Kuss bedankte?«

»Möglich ist das schon.« Der Direktor lächelte ein fades Lächeln. »Vielleicht hat er ihr auch nur etwas Schönes ins Ohr geflüstert. Sie sind beide jung, nicht wahr, und verliebt.«

»Sie meinen, dass auch er noch ziemlich jung ist?«

»Aber nun, das müsste man doch eigentlich annehmen. Ich meine, Fräulein Monarty ist knapp zwanzig, wie aus meinen Unterlagen hervorgeht. Ich kann mir nicht vorstellen, dass sie einen älteren Herrn heiraten würde, obwohl dies natürlich doch recht oft geschieht.«

»Aber Sie können sein Alter nicht schätzen?«

»Nein. Dazu habe ich ihn nicht gut genug gesehen.«

»Haarfarbe?«

»Dunkel.«

»Schwarz?«

»Dunkel.« Der Direktor schüttelte den Kopf. »Das ist alles, Herr Manfred. Tut mir leid.«

»Sie haben mir vielleicht einen großen Schritt weitergeholfen«, sagte Manfred und bedankte sich bei dem Direktor für die Auskünfte. Dann verließ er die Bank, überquerte die Straße und blieb auf dem Platz stehen, wo nach Angaben des Bankdirektors der Fiat geparkt gewesen war. Aus seinen Augenwinkeln sah Manfred, wie er vom Bankdirektor, der noch auf dem Bürgersteig stand beobachtet wurde, und er hob die Hand und winkte hinüber. Der Bankdirektor hob die Schultern zum Zeichen, dass er nicht verstehen konnte, warum Manfred sich für einen bestimmten Platz am Straßenrand, an dem vor drei Wochen ein ganz bestimmtes Auto geparkt worden war, so sehr interessierte, dass er fünf Minuten kostbarer Zeit verschwendete. Manfred aber hatte eine Idee, die ihn schon beinahe in Hochstimmung versetzte. Und wie schon lange nicht mehr packte ihn nun echtes Jagdfieber.

*

Zum ersten Mal fiel es George Manfred auf, dass er beobachtet oder sogar verfolgt wurde, als er mit dem Taxi zur Fiat-Garage hinausfuhr, die sich am Stadtrand von Zürich am Seeufers, befand.

Eigentlich war es der Taxifahrer, dem auffiel, dass ihnen ein anderes Taxi folgte. Zuerst knurrte er nur. Danach sagte er irgendetwas auf Schweizerdeutsch, das Manfred beim besten Willen nicht verstehen konnte, weil es klang, als hätte der Mann nach dem Zähneputzen mit Spiegelscherben gegurgelt.

Manfred hütete sich davor, den Taxifahrer aufzufordern, das Gesagte noch einmal zu wiederholen. Es fiel ihm jedoch auf, dass der Mann trotz des regen Verkehrs öfters in den Rückspiegel blickte als geradeaus, und so schaute Manfred in Abständen einige Male über die Schulter. Was er jedes Mal aufs Neue zu sehen bekam, war eine schwarze Mercedes-Limousine, die als Taxi gekennzeichnet war. Anscheinend war es genau diese Entdeckung, die auch den Fahrer beunruhigte, denn ohne dass ihn Manfred aufforderte, beschleunigte er plötzlich, wechselte blitzschnell die Fahrbahn und bog so schnell in eine Querstraße ein, dass die Reifen quietschten. Der Fahrer verlor beinahe die Herrschaft über sein Auto, raste haarscharf am Bürgersteig entlang und verfehlte einen Stand, an dem ein schnauzbärtiger Italiener heiße Kastanien verkaufte, um ein paar Millimeter. Manfred hörte den Italiener fluchen, sah Passanten wegspritzen, und noch lange danach roch es im Auto nach heißen Kastanien und verbranntem Gummi.

»Abgehängt«, sagte der Fahrer nach einer Weile trocken und grinste in den Rückspiegel. »Hab ich schon mal in 'nem Film gesehen. Aber da hat die Karre den Stand des Gemüsehändlers umgefahren und tausend Kohlköpfe rollten die Straße hinunter. Das war in New York oder so.«

»In New York ist fast alles möglich«, sagte Manfred und schaute kurz zurück. Tatsächlich befand sich das Taxi nicht mehr hinter ihnen.

Der Fahrer nahm es von nun an gemütlich, machte wahrscheinlich ein paar Umwege, um die Fahrt ein bisschen zu verlängern. Dies machte sich dann beim Fahrpreis bemerkbar. Manfred bezahlte über zwölf Franken. Aber dies hier war eben nicht London. Dies hier war Zürich.

In der Fiat-Garage erinnerte man sich gut an Miss Elsa Monarty. Ein geschäftstüchtiger Verkäufer hatte ihr den Fiat abgehandelt, und zwar so weit unter dem Preis, dass er zunächst fürchtete, Manfred wäre ein guter Bekannter der Dame und in der Absicht hergekommen, ihm die Ohren oder sonst was langzuziehen. Erleichtert atmete er auf, als ihm Manfred höflich erklärte, dass er eigentlich ein Mann von Scotland Yard sei, was natürlich unverschämt gelogen war.

»Die junge Dame wollte den Wagen unbedingt verkaufen, und zwar am selben Tag«, versicherte der Verkäufer.

»Ich habe sie darauf aufmerksam gemacht, dass sie einen höheren Preis erzielen könnte, wenn sie den Wagen wenigstens gewaschen hätte, aber das wollte sie nicht.«

»Sie war in Eile, nehme ich an.«

»Sehr in Eile«, pflichtete der Verkäufer bei.

»War sie allein?«

»Ja.«

»Und die Wagenpapiere waren auf sie allein ausgestellt?«

»Ja.«

»Wie ging sie von hier fort? Zu Fuß?«

»Zu Fuß. Ich habe ihr hinterhergeschaut.« Der Verkäufer schmunzelte. »Falls Sie die Dame kennen, werden Sie mir zustimmen, dass sie von außergewöhnlich feiner Schönheit ist.«

Manfred rührte keine Mine. »Nett ausgedrückt«, antwortete er kühl. »Wie lange haben Sie ihr denn nachgesehen?«

»Hm, ich kann mich noch sehr genau erinnern. Sie ging dort, beim Restaurant Adler, über die Straße. Sie betrat die Telefonzelle dort drüben und rief jemanden an. Dann kam sie heraus und winkte ein Taxi herbei.«

»Worauf haben Sie denn bei der Frau am meisten geschaut?«

»Worauf ich geschaut habe? Nun, wenn ich ehrlich sein soll, gab es bei ihr einige attraktive Sehenswürdigkeiten. Und wenn Sie mich so direkt fragen, würde ich ihre wunderschönen Beine und ihren …«

»Ist Ihnen etwas an der Frau aufgefallen, was Besonderes, meine ich?«

»Hm, sie war ganz einfach eine besondere Erscheinung, wenn Sie wissen, was ich damit meine. Nichts Aufgetakeltes, sondern von einer nahezu natürlichen Schönheit. Na, vielleicht der Ring, den sie an der linken Hand trug. Der ist mit sofort aufgefallen, als sie den Vertrag unterschrieb. Diamanten. Fiel mir sofort auf, weil der Ring gar nicht zu ihrem sonst so einfachen jugendlichen Äußeren passte.«

Manfred schmunzelte. Er wusste inzwischen längst, woher der Ring stammte, wieviel er gekostet hatte und wie er beschaffen war. Der Ring, so glaubte er, war vielleicht die deutlichste Spur, die er bis jetzt hatte. Außer dem Fiat. Der Verkäufer nannte Manfred bereitwillig den Namen des jetzigen Besitzers, ein Zahnarzt, der in der Innenstadt seine Praxis hatte.

Manfred wurde dort von einem hübschen blonden Mädchen empfangen, das sofort eine Patientenkarte ausstellen wollte. Es dauerte eine Weile, bis sie begriff, dass er Dr. Blaser nur sprechen wollte.

Dr. Blaser, ein schwergewichtiger Mann mit silbergrauen Schläfen und falschen Zähnen, wollte Manfreds Scotland Yard-Ausweis sehen. »Ich denke nicht im Traum daran, mein Auto von einem Fremden durchsuchen zu lassen«, sagte er entrüstet. Das Mädchen lächelte dümmlich, und Manfred ließ es sich nicht nehmen, ihnen beiden eine gefälschte Karte unter die

Nase zu halten, die ihn als Kriminalinspektor Frederick George ausgab. Von dem Moment an bemühte sich Dr. Blaser persönlich um ihn, führte ihn hinunter in den Hinterhof und öffnete ihm sämtliche Türen und den Kofferraum.

Er trat jedes Mal zurück und ließ Manfred in aller Ruhe überall nachschauen, und immer, wenn sich Manfred dabei aufrichtete, fragte er: »Nichts?«

»Absolut nichts«, gab Manfred kopfschüttelnd zur Antwort, aber schließlich entdeckte er im Kofferraum etwas, das eigentlich überhaupt nicht in dieses feine Auto passte, nämlich ein alter Vergaser, der in einer Zeitung eingewickelt war. Blaser erklärte ihm, dass der Vergaser ausgetauscht worden war, wahrscheinlich kurz bevor er das Auto gekauft hatte.

»Ist was mit dem Vergaser?«, erkundigte er sich neugierig. »Man hat ihn mir überlassen, obwohl ich auch nicht weiß, was ich mit dem Ding anfangen soll.«

Manfred, der den Vergaser aus der Zeitung genommen hatte, inspizierte ihn und sagte im Brustton der Überzeugung: »Schrott!«, obwohl er eigentlich keine Ahnung von solchen Dingen hatte. Was ihn interessierte, war die Zeitung, die voller schwarzer und brauner Flecken war. Zu Manfreds Überraschung handelte es sich um eine Ausgabe des London Daily Megaphon, eine Zeitung, die ihm sehr gut bekannt war, weil sie daheim jeden Morgen vor seine Haustür gelegt wurde.

In einem Züricher Reisebüro traf Manfred am Spätnachmittag eine junge Dame, die sich an Elsa Monarty erinnerte; auch ihr war der Ring aufgefallen, den ihr Manfred genauestens beschrieb. In ihrer Kundenkartei fand die junge Dame alle Angaben, die Manfred brauchte, allerdings nicht unter dem Namen Monarty, sondern unter Mr. und Mrs. Harvey Johnson.

Es war noch nicht einmal ganz drei Wochen her, seit Mr. Harvey Johnson mit seiner Frau, bei der es sich unzweifelhaft um Elsa Monarty handelte, einen Flugreise nach London gebucht hatten. Bei der Ad Astra Aero fand Manfred dann heraus, dass Mr. und Mrs. Johnson auch tatsächlich geflogen waren, und zwar an einem Mittwochnachmittag, Flug 424. Die Spur führte eindeutig nach London.

Manfred rief sofort zu Hause an. Poiccart hob ab. »Das Silberne Dreieck«, meldete er sich. »Poiccart am Apparat.«

»Raymond, ich bin morgen wieder zurück in London«, sagte George ohne Umschweife. »Das heißt, ich hoffe, dass ich morgen zurück bin. Genau weiß ich das nicht, da ich nämlich seit heute früh verfolgt werde.«

Poiccart schnaufte ins Telefon. »Was ist?«, fragte er. »Sag mal, könntest du dich vielleicht etwas deutlicher ausdrücken.«

»Ich telefoniere von einer öffentlichen Telefonzelle beim Züricher Hauptbahnhof. Auf der gegenüberliegenden Straßenseite ist ein Auto geparkt, das verdächtig dunkle Scheiben hat. Und heute Morgen, als ich mein Hotel verließ, folgte ein Taxi meinem Taxi. Am Nachmittag, als ich einen Zahnarzt besuchte, fiel mir das gleiche Auto auf, das jetzt dort drüben steht.«

»Siehst du, wer drin sitzt?«

»Nein.«

»Einer oder zwei?«

»Eher zwei.«

»Hm. Warum gehst du nicht zur Polizei?«

»Und was soll ich der sagen? Dass ich zweimal an einem Tag das gleiche Auto gesehen habe?«

»Sag ihnen, dass du dich verfolgt fühlst«, schlug Poiccart vor. Manfred lachte. »Wo bin ich hier, mein Lieber? In der Schweiz, da ticken auch die Polizisten gemächlich schweizerisch. Die würden sowas ziemlich gelassen nehmen und wahrscheinlich erst reagieren, wenn es zu spät ist. Hör mal, jemand sollte mich morgen Mittag auf dem Flughafen abholen. Mein Flugzeug landet um elf Uhr neununddreißig.«

»Weißt du, wo sich Elsa Monarty befindet?«

»Nicht mehr in Zürich. Sie hat mit ihrem Mann fürs Leben einen Flug nach London gebucht und ist auch geflogen. Was immer in der Zwischenzeit auch mit ihr geschehen ist - ich glaube, die Lösung des Rätsels ist in London zu finden.«

»Weißt du sonst nichts?«

»Genügt das nicht?« gab Manfred zurück. Er beobachtete, wie das Auto auf der anderen Straßenseite plötzlich langsam anfuhr und sich in den Verkehr einreihte. Poiccart sagte etwas, aber Manfred war derart damit beschäftigt, das Auto zu beobachten, dass er nicht hinhörte.

»Ich muss jetzt auflegen«, sagte er schnell. »Das Auto ist weggefahren.«

»Sei vorsichtig!« rief Poiccart in den Hörer. »Kein Risiko, verstehst du? Wir wollen dich nicht in einem Bleisarg und per Luftfracht zurückkriegen!«

Manfred hatte immer noch Poiccarts Stimme im Ohr, als er schon längst aus der Telefonzelle heraus war, aber das Auto konnte er jetzt nicht mehr sehen.

3. Kapitel
**Die seltsame Dame**

George Manfred zog es vor, im Hotel zu essen. Anschließend nahm er ein Taxi, das ihn ins Stadtzentrum brachte. Es war ein kalter, feuchter Abend, und der Nebel, der vom See hoch durch die engen Straßen und kleinen Gassen kroch, war genauso dicht wie in London.

Es war nicht das erste Mal, dass sich Manfred in Zürich befand, und so wollte er die Gelegenheit nicht verpassen, ein kleines Restaurant im Züricher Niederdorf aufzusuchen, einem Teil der Altstadt, die erst nach Hereinbruch der Dunkelheit wach wurde.

Noch war nichts los, als Manfred das Taxi verließ. Die Uhr des Züricher Münsters schlug neunmal. Irgendwo im Nebel wurde eine Tür hart zugeschlagen, und eine Frau lachte schrill.

Der Taxifahrer hatte Manfred erklärt, wie er zu dem kleinen Lokal gelangen konnte, das sich in einer der Gassen befand, die so schmal waren, dass man sie für Autos gesperrt hatte. Am Anfang der Gasse brannte eine Laterne. Unter ihr glänzte das Kopfsteinpflaster nass. Ein Betrunkener hockte gegen einen Hydranten gelehnt am Boden und lallte eine Melodie in den Kragen seines Mantels hinein. Sonst war niemand in der Nähe, und die Nebel-schleier krochen an den alten Hauswänden entlang durch die Gassen wie eine Prozession von geisterhaften Gestalten. Manfred schlug den Kragen seines Mantels hoch. Vielleicht war es doch nicht die beste Idee gewesen, das Hotel noch einmal zu verlassen. Er dachte unwillkürlich an das Auto, das er zum letzten Mal gesehen hatte, als er mit Poiccart telefo-nierte. Hatte er vielleicht nur nicht gut genug aufgepasst?

Wurde er noch immer verfolgt? Oder zumin-dest beobachtet? Manfred blickte sich nach allen Seiten um, konnte aber nichts entdecken, was ihn hätte beunruhigen können. Trotzdem fühlte er sich unsicher. Irgendetwas stimmte nicht. Irgendetwas löste in seinem Innern ei-nen Alarm aus...

Manfred steckte beide Hände in die Außen-taschen seines Mantels. Er trug keine Waffe bei sich. Irgendwie fühlte er sich plötzlich sehr einsam in dieser Stadt.

Er ging langsam die Gasse hinunter. Die Dunkelheit nahm ihn auf. Nach einigen Schrit-ten blieb er stehen. Hatte er nicht ein Geräusch gehört? Ein leises, schabendes Geräusch. Eine Katze? Oder ein Straßenköter? Manfred ging weiter. Vor ihm im Nebel tauchte ein rotes Licht auf. Eine Laterne, die über dem Eingang eines Etablissements hing, in dem er nichts verloren hatte. Er hörte Stimmen durch die Tür dringen. Jemand spielte eine Harmonika. Manfred blieb erneut stehen. Er blickte zurück. Weiter als dreißig Schritte konnte er nicht sehen. In der Tür des Etablissements erschien eine leicht bekleidete Dame, Netzstrümpfe, schwarzer Rock mit Beinschlitz auf der linken Seite, knallrote, tief ausgeschnittene Bluse und kurze Schnürstiefeletten mit hohen Absätzen. Die Dame leckte ihren Zeigefinger und winkte ihn heran.

»Ohne dich gehe ich nicht ins Bett«, rief sie ihm lachend zu, und Manfred war für einen Moment nicht ganz sicher, ob er sich von ihr verführen lassen oder weitergehen sollte. Er entschied sich dann doch, weiterzugehen.

Er kam nur bis zur nächsten Häuserlücke, die sich rechts vor ihm auftat. Dort torkelte ein Betrunkener auf ihn zu und fragte ihn lallend nach einer Zigarette. Manfred merkte sofort, dass etwas nicht stimmte. Der Atem des Mannes roch nach allem möglichen, nur nicht nach Alkohol. Um den Mann abzulenken, tat Manfred, als wollte er in die Innentasche seines Mantels greifen um Zigaretten herauszuholen. Als er merkte, dass sein Trick nichts taugte und er sich blitzschnell umdrehen und davonlaufen wollte, stieß ihm der Mann sein Knie in den Unterleib. Manfred sackte in sich zusammen, als hätte ihn ein Dampfhammer getroffen. Noch bevor er am Boden aufschlagen konnte, wurde er von hinten gepackt und hochgezerrt.

»Wenn du vernünftig bist, Mister, passiert dir nichts!« sagte eine Männerstimme, die Manfred frösteln ließ. »Wir wissen, wer du bist und woher du kommst, Schnüffler! Jetzt brauchst du uns nur noch zu sagen, was du hier in Zürich alles herausgefunden hast!«

Der Mann sprach Englisch mit leicht französischem Akzent, über den sich wahrscheinlich Poiccart hätte freuen können. Manfred aber fühlte sich im Moment so schlecht wie selten zuvor in seinem bewegten Leben. Er hatte das Gefühl, sich übergeben zu müssen, aber obwohl die noch unverdauten Reste seines Abendessens heraufwürgen wollte, kam nichts.

Der Mann, der ihn gepackt hatte, schleifte ihn in eine der Häuserlücken. Der andere folgte ihnen, und jetzt torkelte er nicht mehr. An einer Stelle, wo es stockdunkel war und nach fauligen Abfällen roch, stellten sie Manfred mit dem Rücken gegen eine Hausmauer, damit er nicht umfallen konnte. Der, der ihn gehalten hatte, stellte die Fragen:

»Was hast du herausgefunden?«

Manfred schluckte. »Dass Zürich ein heißes Pflaster ist«, sagte er gepresst.

»Netter Scherz«, sagte der Mann, der den Betrunkenen gemimt hatte. »Aber wir sind hier nicht im Zirkus, verstehst du?«

Es war schon das zweite Mal, dass sich jemand genötigt fühlte, ihn darauf aufmerksam zu machen. Nein, dies hier war tatsächlich kein Zirkus, und was immer die beiden mit ihm vorhatten - Manfred konnte ihm nichts Gutes abgewinnen.

Derjenige, der ihm die Fragen stellte, riss ein Streichholz an und hielt es so, dass Manfred eine Hand sehen konnte, die sich ihm langsam näherte. Der blanke Stahl eines Messers reflektierte den Lichtschein der kleinen Flamme. Die Hand steckte in einem schwarzen Handschuh, und für eine Sekunde konnte Manfred in der Finsternis auch einen hellen Schimmer sehen, ein Gesicht, das so knochig und blass war wie die Totenmaske eines Mannes, der verhungert war.

Der Mann, der die Fragen stellte, blies das Streichholz aus.

»Also?«, fragte er. »Noch einmal, was hast du hier in Zürich herausgefunden?«

»Weniger, als ich gehofft hatte«, log Manfred.

»Und trotzdem fliegst du schon morgen bereits wieder zurück nach London?«

»Ihr seid ausgezeichnet informiert«, erwiderte Manfred mit leisem Spott in der Stimme. »Wer hat euch hinter mir hergeschickt? Die Polizei?«

»Wir sind es, die hier Fragen stellen«, gab der Mann kalt zur Antwort. »Und glaube mir, mein Partner ist gern bereit, dich in aller Stille umzulegen.«

»Und wer garantiert mir, dass ich am Leben bleibe, wenn ich euch sage, was ich weiß?«

»Mein Wort muss dir genügen.«

»Feine Garantie«, gab Manfred zurück, aber im nächsten Moment spürte er den kalten Stahl der Messerklinge unter dem linken Ohr am Hals. Er zuckte kaum merklich zusammen.

»Es geht nicht um dein Leben, Mister. Das ist uns nicht viel wert. Es geht um Elsa Monartys Leben. Sag uns also lieber, was du hier erfahren hast!«

»Elsa ist nicht mehr in Zürich.«

»Das wissen wir. Mach weiter!«

»Sie ist nach London geflogen. Vor zweieinhalb Wochen.«

Manfred brach ab, aber der Druck der Messerklinge an seinem Hals wurde sofort stärker.

»Weiter!« forderte ihn die Stimme hart auf. »Die Flugnummer? Fluggesellschaft? Und so weiter!«

Manfred sah ein, dass es keinen Sinn hatte, Katze und Maus zu spielen. Er hatte es mit ausgekochten Profis zu tun und nicht mit Anfängern. Warum sie allerdings nicht bereits selbst herausgefunden hatten, was er in diesen Tagen hier in Zürich erfahren hatte, wusste er nicht. Er gab ihnen die Flugnummer an, die Fluggesellschaft und das Datum. Den Namen Johnson wollte er ihnen erst verschweigen, aber dann fragte ihn der Mann direkt danach.

»Sie ist mit einem Mann zusammen, nicht wahr?« »Richtig«, sagte Manfred.

»Name?«

»Johnson. Harvey Johnson.«

»Engländer?«

»Das weiß ich nicht.«

»Bist du sicher?«

»Ich weiß nichts über diesen Mann. Aber sie sind zusammen geflogen, und ich nehme an, dass sie sich beide in London oder irgendwo in Großbritannien aufhalten. Das ist alles, meine Herren. Ihr kriegt nicht mehr aus mir raus, auch wenn ihr mich durch eine Mostpresse drückt.«

Der Mann, der ihm die Fragen gestellt hatte, gab keine Antwort. Für einige Sekunden verharrte die Messerklinge an seinem Hals, dann wich sie von ihm. Obwohl Manfred nicht das leiseste Geräusch hören konnte, spürte er, wie sich die beiden Männer von ihm entfernten. Die Gefahr, in der er sich eben noch befunden hatte, war plötzlich nicht mehr da. Ruhe breitete sich in seinem Innern aus. Er rückte seinen Mantel zurecht und schob die Hände in die Taschen. Langsam ging er zur Gasse zurück. Ein Mann und eine Frau gingen vorbei, eng umschlungen. Manfred hörte sie lachen. Weiter unten, im Licht einer Laterne, bemerkte er plötzlich das Schild, das ihm von seinem letzten Besuch her in Erinnerung geblieben war. »Zum Goldenen Engel« stand dort in Goldbuchstaben zwischen schmiedeeisernen Verzierungen. Durch kleine, bunte Fenster drang schwacher Lichtschein auf die Gasse heraus. Manfred öffnete die Tür und trat ein. Wärme umfing ihn. Der kleine Tisch, an dem er das letzte Mal gesessen hatte, war besetzt. Eine Dame, die offenbar alleine war, saß dort und hatte ein Glas Rotwein vor sich.

Sie schaute nicht auf, als Manfred eintrat. Trotzdem konnte er leicht erkennen, dass es sich um eine attraktive schwarzhaarige Dame handelte, die ihrem Aussehen und ihren eleganten Kleidern nach gar nicht hierher passte.

Manfred setzte sich an einen anderen Tisch in der Nähe des grünen Kachelofens. Er bestellte bei einer Serviererin ein Fläschchen Pinot Noir aus dem Kanton Wallis, den gleichen, den er schon bei seinem vorherigen Besuch zu schätzen gelernt hatte. Aus den Augenwinkeln heraus beobachtete er verstohlen die Dame, die ihr Glas leer trank und sich erhob. Der Wirt persönlich beeilte sich, ihr beim Anziehen eines Pelzmantels behilflich zu sein. Er öffnete der Dame die Tür und verabschiedete sich von ihr, als wäre sie eine Königin.

Als der Wirt zurückkam, winkte ihn Manfred heran.

»Die Dame, die Sie eben hinausgeleiteten, kam mir bekannt vor«, sagte er. »Könnte es sein, dass es sich um eine berühmte Theaterschauspielerin handelt, die schon in London auf der Bühne stand?«

Der Wirt hob die Schultern. »Sie war ganz bestimmt was Besonderes«, sagte er. »Ich dachte erst, sie hätte sich verirrt oder so.«

»Dann haben Sie sie nicht zufällig nach ihrem Namen gefragt?«

»Natürlich nicht. Ich frage Gäste grundsätzlich nie nach ihrem Namen.« Der Wirt ließ Manfred mit seinem Wein allein und setzte sich an einen Tisch, wo er mit drei anderen dabei gewesen war, Karten zu spielen.

Manfred blieb lange sitzen schaute immer

wieder zur Tür hinüber wenn sie aufging, und hoffte, die Dame wäre noch einmal hereingekommen.

Kurz vor Mitternacht kam er sich selbst zu blöd vor, bezahlte die Rechnung und verließ das Lokal.

*

In der Nacht fing es an zu regnen, und der Flug am nächsten Tag begann in einem mittelschweren Herbststurm.

Manfred war gerade dabei, es sich in seinem Sessel bequem zu machen und er konnte es kaum glauben, als jene Dame den Mittelgang zwischen den Sitzreihen entlangkam, die er in der Nacht zuvor im »Goldenen Engel« gesehen hatte.

Sie war einer der letzten Passagiere, die dem Flugzeug zustiegen. Als Handgepäck hatte sie einen kleinen Koffer aus Alligatorenleder. Sie trug den selben Pelzmantel wie am Abend zuvor, einen dunklen Nerz mit breitem Kragen. Auf dem Kopf hatte sie einen Hut, der mit einem Strauß bunter Vogelfedern versehen war. Die Frau war noch jung, vielleicht fünfundzwanzig, schlank und ziemlich groß. Ihr schmales Gesicht war von der Sonne bronzefarben gebräunt, und sie hatte die blauesten Augen, die Manfred je gesehen hatte.

Manfred hätte geschworen, dass sie aus einem fernen Land im Süden kam, vielleicht aus Portugal oder Spanien, vielleicht sogar aus Übersee.

Dass sie sich dafür entschied, direkt auf dem Sitz in der Sitzreihe ihm genau gegenüber Platz zu nehmen, war im geradezu ungeheuer, denn es gab im Flugzeug mindestens vier Sitze, die nicht belegt waren. Manfred erhob sich von seinem Sitz, wie es sich für einen Gentleman gehörte, und bot ihr seine Hilfe an.

»Darf ich Ihnen aus dem Mantel helfen, Madam?«, fragte er, und sie lächelte flüchtig, während sie ihm den Rücken zudrehte.

Er half ihr, den Nerz auszuziehen, legte ihn sorgfältig in die Gepäckablage über dem Fenster und wartete geduldig, bis die Frau Platz genommen hatte. Dann setzte er sich ebenfalls.

»Ich nehme an, es ist kein Zufall, dass wir uns gestern im ›Goldenen Engel‹ begegnet sind und uns heute im Flugzeug wiedertreffen«, sagte Manfred, ohne sie anzusehen.

Sie war noch immer dabei, ihren kleinen Koffer unter dem vorderen Sitz zu verstauen und gab ihm vielleicht deswegen keine Antwort. Eine Steward kam den Mittelgang entlang und lächelte jedem der acht Passagiere ins Gesicht.

»Schönen Guten Morgen, meine Damen und Herren. Ich bin auf der Reise nach London ihr Flugbegleiter. Mein Name ist Paul Hofer. Willkommen an Bord. Man wird uns jetzt die Starterlaubnis geben, und in weniger als zehn Minuten werden wir von Zürich-Dübendorf abheben. Die Witterungsverhältnisse sind nicht besonders gut, und wir werden bis nach Paris und auch über dem Ärmelkanal mit rauem Wetter rechnen müssen. Bitte machen Sie es sich bequem und vertrauen Sie unseren beiden Piloten der Imperial Airways.«

»Nicht gerade einladende Voraussetzungen für einen Flug nach London«, sagte Manfred und setzte für die Dame in der Sitzreihe nebenan sein charmantestes Lächeln auf. Sie hatte eine Modezeitschrift auf den Knien liegen und begann, darin herumzublättern. Manchmal benutzte sie zum Lesen ein zierliches Lorgnon, dessen Rahmen offenbar vergoldet war.

Da die Frau nicht die geringste Absicht zeigte, sich über den Mittelgang hinweg mit ihm zu unterhalten, gab Manfred vorläufig seine Versuche auf. Er lächelte einer älteren Dame in der gegenüberliegenden Sitzreihe zu, und die Dame lächelte zurück, wobei sie ihm ein paar ziemlich gelbe Zähne zeigte.

Die Maschine rollte auf die Startbahn hinaus, und schon der Abflug wurde zu einer nervenkitzelnden Angelegenheit. Es schien, als ob das Flugzeug einfach nicht vom Boden wegkäme. Zweimal hintereinander prallte es auf der nassen Graspiste auf, bevor es endgültig abhob und langsam Höhe gewann.

Manfred machte sich auf einen unangenehmen Flug gefasst, als die ersten Windböen das Flugzeug durchschüttelten. Er lehnte sich im Sitz zurück, und die Frau in der gegenüberliegenden Reihe lächelte erneut herüber, so mütterlich und verständnisvoll, dass es Manfred ganz warm ums Herz wurde.

»Falls es schlimm wird, in der Tasche des Vordersitzes steckt eine Tüte«, sagte sie freundlich, und Manfred lächelte säuerlich. Die Dame neben ihm drehte den Kopf, hob ihr Lorgnon vor die Augen und musterte ihn interessiert. »Sie sehen tatsächlich schlecht aus, Mister Manfred«, stellte sie kühl fest. »Ganz grün um die Nase.«

Manfred hob die Brauen. »Ich wusste doch, dass dies alles kein Zufall ist«, sagte er. »Und machen Sie sich um meine Gesundheit nur keine Sorgen, Gnädigste, wir sitzen schließlich alle im selben Flugzeug, nicht wahr?«

Kaum hatte Manfred ausgesprochen, sackte

die Maschine durch, und in einer der hinteren Reihen rief eine dünne Stimme leise: »Lieber Gott, steh uns bei ...«

Manfred sah mit Genugtuung, dass die Dame in der gegenüberliegenden Sitzreihe lächelte, als wäre sie auf einer Freifahrt direkt in den Himmel. Wo ihr die Zähne aufpoliert werden sollten.

»Halten Sie sich mit einer Hand an den Wandhaltern zwischen den Fenstern fest, verehrte Damen und Herren. Wir haben es mit den Ausläufern eines Nordsee-Sturmes zu tun, der zurzeit süd-ostwärts über Europa hinwegzieht. Die Piloten versuchen, dem Sturm durch eine Kursänderung auszuweichen.«

»Glauben Sie, dass wir in London werden landen können?«, fragte die junge Dame neben Manfred, und ihrer Stimme fehlte jetzt der fast etwas hochnäsige Tonfall von vorher.

»Das kommt wohl darauf an, über welches Gebiet sich dieser Sturm ausdehnt, Gnädigste.«

»Kathleen Zieling ist mein Name«, sagte die Dame so, als ob Manfred der Name hätte bekannt sein müssen.

»Erfreut«, sagte Manfred mit einem Lächeln. »Theater oder Film?«

Sie lächelte auch, aber nur kurz. »Man kennt mich besser unter dem Namen Claro May, Mr.

Manfred.«

Jetzt konnte Manfred nicht verbergen, dass sie ihn aufs höchste überrascht hatte.

Claro May! George Manfred wollte es fast nicht glauben. Er starrte die Frau von der Seite an. Nicht einmal im Traum hätte er gedacht, dass es sich bei Claro May um eine derart junge und hübsche Frau handelte. Die wenigen Bilder, die von ihr in den Zeitungen abgedruckt worden waren, hatten sie nie so dargestellt, wie sie tatsächlich war. Aber das lag vielleicht an ihrem unglaublichen Talent, sich zu verwandeln. Im Moment wusste Manfred nicht mehr, in wie vielen Ländern Claro May gesucht wurde, aber er war sicher, dass sich auch Scotland Yard für sie interessierte.

Sie lächelte, als hätte sie seine Gedanken erraten.

»Erinnern Sie sich an die Perlenkette, die vor zwei Monaten in London verschwunden ist?«, fragte sie ihn. »Die Kette von Lady Morain?«

»Ja, natürlich. Waren Sie das?«

Ein Lächeln huschte über ihr Gesicht. »Die Kette war gestohlen, Mister Manfred. Sie hat einer Dame in Paris gehört, bevor sie an Lady Morain überging. Ich habe sie zurückgeholt und der legitimen Besitzerin überbracht.«

»Die Zeitungen schrieben von einem Bandenstreich«, sagte Manfred grinsend. »Aber ich erinnere mich, dass Leon sogleich auf Sie getippt hat. Er kennt Sie ja persönlich, nicht wahr?«

»Ich hatte die Ehre, Mr. Gonsalez' Bekanntschaft zu machen«, bestätigte sie. »Ein äußerst scharfsinniger Mann. Trotzdem wäre er in Paris beinahe der Fouret-Bande zum Opfer gefallen.«

»Wenn Sie ihm nicht geholfen hätten.«

»Er hat Ihnen davon erzählt?«

»Leon Gonsalez war von Ihnen sehr beeindruckt, Miss ...« Manfred brach ab und beugte sich zu ihr hinüber. »Wie soll ich Sie denn nun bei all diesen verschiedenen Namen nennen, Gnädigste?«, fuhr er leise fort.

»Velasquez. Miss Velasquez. Sehen Sie, ich habe mir alle Mühe gegeben, ein herrliches Urlaubs-Make-up aufzutragen.«

»Ich nehme an, Sie haben einen Pass, der zu Ihrem exotischen Äußeren passt.«

»Selbstverständlich«, raunte sie ihm zu. Ihr Blick war jetzt nicht mehr arrogant, zeigte aber auch keinerlei Unruhe. Anscheinend war sie ganz sicher, dass ihr von Manfred keine Gefahr drohte, obwohl sie genau wusste, dass er dem »Silbernen Dreieck« angehörte.

»Portugal?«, fragte er.

Sie verneinte mit einem kaum erkennbaren Kopfschütteln. »Brasilien.«

»Wunderbar. Und jetzt würde ich gerne wissen, wer die beiden Strolche waren, die mir gestern Nacht in der Züricher Altstadt aufgelauert haben.«

»Pierre und Walter. Zwei meiner zuverlässigsten Freunde. Wir arbeiten von Zeit zu Zeit zusammen. Pierre ist ein Westschweizer, der fünf Sprachen perfekt beherrscht, und Walter ist Rumäne deutscher Abstammung. Ich hoffe, die beiden haben Ihnen nicht zu übel mitgespielt. Ich wollte eigentlich nur wissen, was Sie in Zürich über Elsa Monarty erfahren haben.«

Manfred kniff seine Augen zusammen. Sein Blick wurde forschend. »Was haben Sie mit Elsa Monarty zu tun, Miss Velasquez?«, fragte er. »Ich glaube, Sie sind mir eine Erklärung schuldig.«

»Sagt Ihnen der Name Lexfield etwas?«

»Lexfield?« Manfred zog die Stirn in Falten. »Mir ist, als wäre mir der Name verschiedentlich zu Ohren gekommen, kann ihn im Moment aber nicht unterbringen.«

»Gary Lexfield ist der Mann, mit dem sich Elsa Monarty eingelassen hat. Bis vorgestern hatte ich noch keine Ahnung von seiner Existenz. Ein Freund, den ich in Monte Carlo ausschickte, um genaue Erkundigungen über Elsa einzuholen, stieß auf den Namen des Mannes.

Gary Lexfield ist nicht unbekannt in Monte Carlo. Er treibt sich im Casino herum, und niemand weiß, wer er wirklich ist. Mein Informant sagte mir, dass man ihn überall mit Vorsicht genießt. Er verließ Monte Carlo angeblich um die gleiche Zeit, als Elsa Monarty die Hotelrechnung im Riviera bezahlte und auszog. Seither fehlte jede Spur von ihm. Ich bin absolut sicher, dass es sich bei Lexfield um einen Heiratsschwindler handelt, der mit Elsa leichtes Spiel hatte. Elsa ist ja wohl ziemlich unerfahren.«

Manfred ging sofort durch den Kopf, dass vor einigen Tagen auch Leon diese Vermutung geäußert hatte.

»Kennen Sie Elsa?«, fragte er, als Claro May alias Miss Velasquez mit ihren Erklärungen fertig war.

»Nicht sehr gut. Ich kenne ihren Vater. Ein interessanter Mensch, den ich sehr bewundere. Ich habe einige Male versucht, seine Geschäftspraktiken nachzuahmen, teilweise mit verblüffendem Erfolg.«

»Hat er Sie mit dem Auftrag losgeschickt, Elsa aufzustöbern?«

»Er hat mich angerufen. Das war vor vierzehn Tagen, kurz nachdem er den Brief von Elsa erhielt. Er bat mich, herauszufinden, wer der Mann ist, mit dem sich Elsa eingelassen hat. Völlig diskret natürlich. Ich war damals in Marseille, und so fuhr ich gleich nach Monte Carlo. Dort gelang es mir nicht, irgendetwas über den Mann herauszufinden. Aber dann berichtete mir Richard Monarty, dass Elsa in Zürich größere Summen von ihren Konten abgehoben hat. Ich überließ es einem Freund, in Monte Carlo weiter nach Anhaltspunkten zu suchen, und flog umgehend nach Zürich. Auch hier kam ich jedoch nicht weiter.«

Manfred hob die Brauen, sagte aber nichts.

»Nun, ich gebe gern zu, dass ich die Sache vielleicht falsch angefangen habe. Aber es gehört nun einmal nicht zu meinen Qualitäten, Verschollene aufzuspüren wie das für Lawinenhunde üblich ist. Das ist eine Sache für Leute wie Sie, Mr. Manfred. Das ist eine Sache für Spezialisten.«

»Ich will Ihnen gerne recht geben, Madam«, entgegnete ihr Manfred. »Und doch scheint es, dass Sie ganz gut vorangekommen sind, wenn man bedenkt, dass Ihnen der richtige Name des Mannes bekannt ist. Ich selbst bin hier nur auf Mr. und Mrs. Johnson gestoßen und auf eine Flugkarte nach London.«

»Gute Arbeit, Mr. Manfred«, sagte sie anerkennend. »Pierre und Walter haben mir alles berichtet. Sie sagten mir auch, dass Sie ein ziemlich zäher Bursche sind, nicht leicht einzuschüchtern.«

»Die grobschlächtige Art Ihrer Mitarbeiter hat mich unschön beeindruckt, Miss Velasquez. Die beiden haben mich mit einem Messer bedroht. Warum haben Sie mich nicht einfach persönlich um Rat gefragt? Sie wussten doch, wer ich war.«

»Das erfuhr ich erst gestern Abend. Ich rief Richard an, und er erklärte mir, dass er Sie um Hilfe gebeten hat. Ich wollte Pierre und Walter aber den Spaß nicht verderben, da sie deswegen extra nach Zürich gekommen sind. Normalerweise erstreckt sich ihr Einsatzgebiet in anderen Regionen unserer Welt.«

Manfred seufzte. Er hatte es hier tatsächlich mit der internationalen Verbrecherwelt zu tun, und wenn er geglaubt hatte, dass er mit allen Wassern gewaschen war, dann wurde ihm jetzt klar, wie sehr er sich in sich selbst getäuscht hatte.

Das Flugzeug schien an Höhe zu verlieren. »Ladies und Gentlemen, wir befinden uns im Landeanflug auf Paris. Dort werden wir erfahren, ob wir im Croydon Aerdrome wegen des dichtem Nebels überhaupt landen können oder ob wir nach Lympne umgeleitet werden. Dort sind für alle Passagiere Taxis bereitgestellt ...«

»Da läuft ja für Sie alles bestens«, bemerkte Manfred.»In Lympne wurde das Kontrollsystem noch nicht auf den neuesten Stand gebracht. Passkontrollen werden nur sporadisch durchgeführt. Sie werden also höchstwahrscheinlich ungehindert englisches Hoheitsgebiet betreten können, Madam.«

»Genau so, als hätte Mister Richard Monarty dies alles geplant«, lächelte sie.

Wenige Minuten danach landete die Maschine im leichten Regen überraschend sanft und rollte bis zum Flughafengebäude, wo es schließlich stehen blieb.

Eine Stunde später, erfuhren die Passagiere, dass der Croydon Aerodrome tatsächlich gesperrt war, aber das hatte George Manfred nicht anders erwartet.

Der Flug über den Kanal bis nach Lympne wurde zu einer ruppigen Angelegenheit. Nach der Landung spürten sie erst, wie kühl es hier in England war, aber es regnete nicht.

Im Vorbeigehen verabschiedete sich George Manfred von der Dame aus Brasilien.

»Sollten Sie irgendwelche Unannehmlichkeiten haben, würde ich mich freuen, wenn Sie mich anrufen. Hier ist meine Karte.«

Sie nahm sie nachlässig und steckte sie in

ihren Mantel, ohne einen Blick darauf zu werfen. »Ich werde mich melden«, versprach sie, drehte sich um und gelangte ohne Schwierigkeiten durch die Passkontrolle. Manfred folgte ihr. Der junge Zollbeamte ließ ihn nicht einfach durch. Er inspizierte Manfreds Pass eingehend, rief seinen Vorgesetzten und redete einige Minuten flüsternd mit ihm. Dann drehte er sich wieder Manfred zu. »Sie werden erwartet, Sir«, sagte er. »Bitte begeben Sie sich sofort zum Informationsschalter!«

Das klang, als ob etwas passiert wäre, und George Manfred beeilte sich, doch es war weder Poiccart oder Leon, der dort auf ihn wartete sondern Kriminal Inspektor Philander Dearborn, in seinem zerknitterten Übergangsmantel auf einer Holzbank sitzend. Er hatte offenbar Schwierigkeiten mit seiner Nase, die dick angeschwollen und gerötet war. Außerdem tränten seine Augen. Als er Manfred bemerkte, erhob er sich.

»Ah, da sind Sie ja«, sagte er verschnupft und hakte sich bei Manfred ein, als wären sie die allerbesten Freunde. »Schön, sind Sie wieder zurück. Ich dachte schon, Sie sind wegen der schlechten Wetterlage mit dieser wackeligen Maschine nicht vom Boden weggekommen.«

## 4. Kapitel
**Snake Eye schaltet sich ein**

Vor dem Flughafengebäude herrschte ein Ver-
kehrschaos, da die meisten Passagiere nach
London gefahren werden mussten. Viele Taxis,
Privatfahrzeuge und Autobusse gerieten ei-
nander in die Quere. Reisemüde Passagiere
stritten sich ungeduldig um Sitzplätze und
Autos. Überall herrschte eine gereizte Unruhe,
und es war ein Wunder, dass es nicht zu Hand-
greiflichkeiten kam. Manfred hatte so etwas in
England noch nie erlebt. Das Durcheinander
erinnerte ihn vielmehr an die Zeit, die er mit
seinen Partnern in Marokko verbracht hatte.

Der Dienstwagen, ein fast neuer Wolseley,
war direkt neben dem Eingang geparkt, und
zwar im Parkverbot. Und dort stand auch in
einer Menschenmenge die Dame aus Brasilien.
Sie schien dem Chaos ziemlich hilflos ausgeliefert zu sein, aber als sie Manfred sah, blitzten
ihre dunklen Augen zornig auf.

Philander Dearborn fiel die Dame natürlich
auf. Da seine Nase verstopft war, schnappte er
mit dem Mund laut hörbar nach Luft, packte
Manfred am Mantelärmel und zog ihn so hart
herum, dass der oberste Mantelknopf absprang.

»Ist sie nicht ein wundervolles Geschöpf«,

sagte er schwärmerisch. »Man ist geradezu versucht, sich an ihrer Seite zu wünschen«.

»Sie fahren mit mir zum Yard!«, bestimmte Dearborn. »Sagen Sie, Manfred, war die Dame vielleicht im gleichen Flugzeug?«

»Richtig, wir saßen in dieser fliegenden Kiste nebeneinander«, erwiderte Manfred nicht gerade freundlich, während er den Boden nach dem Knopf absuchte. »Zürich - Paris - Paris - London. Von acht Plätzen waren vier besetzt, aber die Aviatik-Experten behaupten, dass Flugreisen bald zum Alltag gehören.

»Na, dann kennen Sie sie ja.« Dearborn ließ Manfreds Mantel los und winkte der Frau auf ihrem Weg zum Ausgang zu. »Hallo! Hier, Madam! Wenn es Ihnen genehm ist, steht mein Dienstwagen zu Ihrer Verfügung.«

Manfred richtete sich jäh auf, und zu seinem Entsetzen bahnte sich Inspektor Dearborn mit geradezu unverschämter Rücksichtslosigkeit einen Weg durch die herumstehenden Leute, schubste einige von ihnen einfach auf die Seite und stand schließlich Claro May gegenüber, die ihn verwundert ansah.

Dearborn machte eine Verbeugung, um die ihn ein spanischer Edelmann beneidet hätte, stellte sich vor und bot Claro May seine Dienste an.

»Mein Freund, Mr. Manfred, sagte mir, dass Sie auf dem Flug hierher mit ihm bekannt geworden sind, Miss ...«

»Velasquez«, sagte Claro May.

»Madam, es wäre mir eine besondere Ehre, Sie nach London mitzunehmen«, beeilte sich Dearborn zu sagen. »Sagen Sie mir nur, wohin ich Sie bringen darf.«

»Eigentlich hätte man mich wohl hier abholen sollen«, antwortete die Dame sichtlich gereizt. »Nun gut, bringen Sie mich bitte zum Hotel Ambassador, Inspektor,« sagte Claro May mit leicht portugiesischem Akzent, und zur Überraschung von George Manfred ließ sie den Inspektor glatt ihre Koffer tragen. Manfred, der seinen Mantelknopf gefunden hatte, traute seinen Augen und Ohren nicht, als Dearborn herankam und mit hochrotem Kopf »Vorsicht, Leute! Vorsicht!« rief, als wäre er ein professioneller Gepäckträger.

»Machen Sie mal den Kofferraum auf«, befahl er Manfred, als er beim Dienstwagen ankam. »Die Schlüssel stecken in meiner linken Manteltasche.«

Manfred warf Claro May einen Blick zu, aber ihr hübsches Gesicht war ohne Ausdruck und ihre Augen wieder voller Hochmut. Er griff in Dearborns Manteltasche, kriegte ein

Fläschchen Nasentropfen zu fassen, dann die Wagenschlüssel. Er öffnete den Kofferraum, und der Inspektor wuchtete schwungvoll die beiden schweren Koffer hinein.

»Wie konnten Sie mir nur verschweigen, dass hier ein solch netter Freund auf Sie wartet, Mister Manfred«, sagte Claro May, als sich Philander Dearborn aufrichtete und genauso schwungvoll, wie er mit dem Gepäck umgegangen war, den Kofferraumdeckel zuschlug.

»Ich hatte keine Ahnung, dass mich Scotland Yard hier erwartet, Miss Velasquez«, erwiderte Manfred und wollte ihr die Hintertür aufhalten. Aber Dearborn trat beflissen dazwischen und half der Dame aus Brasilien beim Einsteigen. Nachdem er die Tür zugemacht hatte, wandte er sich kurz Manfred zu.

»Eine wunderbare Begegnung«, raunte er. »Wissen Sie vielleicht, woher Miss Velasquez kommt und aus welchem Grund sie sich hier in London aufhalten wird?«

»Keine Ahnung, Dearborn«, sagte Manfred und konnte ein unverschämtes Grinsen nicht verhindern. »Aber ich bin mir sicher, dass sie gerne bereit ist, Ihnen ihr entflammtes Herz auszuschütten.«

»Sie meinen, dass sie ...?« Dearborn sprach nicht weiter. Seine strahlenden Augen jedoch verrieten Manfred mehr als Worte. Dearborn hatte sich auf den ersten Blick in die Dame aus Brasilien verliebt, und Miss Velasquez schien die Aufmerksam des Oberkriminalinspektors des Scotland Yard sichtlich zu genießen.

*

Seine beiden Freunde konnten es nicht glauben. Selbst Raymond Poiccart, sonst ein ernster Mensch, schüttelte sich vor Lachen beinahe aus seinem Anzug, als Manfred erzählte, welche Mühe sich Dearborn gegeben hatte, Claro May zu beeindrucken. »Als er vor dem Ambassador schwungvoll das Gepäck aus dem Kofferraum seines Dienstwagens hievte hat Snake-Eye glatt einen Rückenwirbel verknackt, und zwar so, dass er wahrscheinlich mehrere Tage am Stock gehen wird.«

»Was er selbstverständlich niemals tun wird, solange Miss Velasquez in der Stadt weilt«, schmunzelte Leon Gonsalez. »Fast tut er mir leid, unser verehrter Freund bei Scotland Yard. Man möchte ihm doch endlich wenigstens im Privatleben einen Erfolg gönnen, da er doch allmählich eine ziemlich verschrobene Lebensart entwickelt, seit ihm seine Frau Gemahlin davongelaufen ist.«

»Er lebt jetzt zusammen mit seiner Schwester und seinem Schwager, die immerhin vier Kinder haben«, wandte Poiccart ein. »Seine Schwester soll allerdings ein wahrer Hausdrachen sein.«

»Dass er sich bei einer Frau wie Claro May eine Chance ausrechnet, zeugt von einem fast verwegenen Selbstvertrauen«, sagte Manfred und blickte von seinen Notizen auf. »Nicht einmal ich würde es wagen, mit ihr engere Beziehungen anzuknüpfen. Diese Frau ist keine, die ich mir am Herd vorstellen kann, mit einer Küchenschürze umgebunden.«

»Die Zeiten ändern sich, Manfred und damit ebenfalls das Rollenverhältnis zwischen Mann und Frau. Man redet immer mehr davon, die Frauen in die Arbeitswelt mit einzubeziehen. Früher oder später wird es Hausmänner geben und ich könnte mir Snake-Eye in dieser Rolle gut vorstellen«, sagte Poiccart. Kann ja gut sein, dass sich unser Freund Dearborn gerade von der Gegensätzlichkeit angezogen fühlt.«

Leon Gonsalez nickte zu Poiccarts Worten. »Auch ich war sehr von ihr angetan, muss ich gestehen. Wir verbrachten ein paar nette Pariser Nächte zusammen. Nun, willst du uns nicht wenigstens sagen, wie du darauf gekommen bist, dass Lexfield Elsa Monarty mit einem hochkarätigen Diamanten beschenkt hat, als sie aus der Bank kam?«

Manfred lehnte sich zurück und schlug die Beine übereinander. »Das war einfach«, sagte er. »Als ich die Bank verlassen hatte, ging ich über die Straße und sah mich von dort aus um, wo der Fiat geparkt gewesen war. Ich dachte mir, dass Elsa etwas Besonderes widerfahren sein müsste, wenn sie dem Mann um den Hals fällt, als hätte sie ihn seit drei Monaten nicht mehr gesehen. Ein Geschenk, dachte ich, und an der Straße befanden sich mehrere Läden, die mir zur Auswahl standen. Ein Blumenladen. Ein Kleidergeschäft. Der Laden eines Juweliers. Eine Buchhandlung. Eine Bäckerei und ...«

»Du hast dich für den Juwelier entschieden«, unterbrach Raymond Poiccart seinen Partner. »Nicht schlecht, George. Und der Juwelier erinnerte sich natürlich an den Mann ...«

»Falsch. Der Juwelier erinnerte sich an den Ring, denn von denen, die er während den letzten Wochen verkauft hatte, war es der absolut teuerste. Er hatte eine Kopie der Quittung. Der Kunde hatte seinen Namen mit Albert Erling angegeben.«

»Dann haben wir jetzt drei Namen: Johnson, Lexfield, Erling.«

»Richtig«, bestätigte Manfred und tippte auf seine Notizen. »Und Lexfield ist der Name, der mir schon irgendwann irgendwo untergekommen ist. Lexfield? Kannst du dich nicht an einen Lexfield erinnern, Leon?«

»Im Moment nicht«, sagte Leon Gonsalez. »Aber ich werde morgen Erkundigungen einholen, falls dir das recht ist. Ich will mich natürlich nicht unbedingt in deinen Fall einmischen, aber ...«

Das Telefon unterbrach ihn. Poiccart hob ab und verzog sein Gesicht. Er legte eine Hand auf die Sprechmuschel und sagte leise: »Ihr dürft dreimal raten.«

»Snake-Eye«, grinste Manfred.

»Liebeskrank«, flüsterte Poiccart und nahm die Hand wieder vom Hörer. »Selbstverständlich, Inspektor. Jawohl, ich kann Ihnen die Blumen gern besorgen. Astern und Orchideen sind meine Spezialität. Gut, dann erwarte ich Sie so gegen acht Uhr. Wiedersehen.«

Raymond Poiccart legte auf und holte tief Luft. »Er will, dass ich für ihn einen Strauß Blumen kaufe, den er hier heute Abend noch abholen wird. Ich glaube, den hat es übel erwischt.«

»Warum kam er überhaupt zum Flughafen raus? Ich habe ihn zweimal gefragt, aber er gab mir nur ausweichende Antworten. Murmelte etwas von internationalem Goldschmuggel, der über die Schweiz abgewickelt würde.«

Poiccart erklärte Manfred, dass Dearborn Schwierigkeiten mit einem Fall hatte, der einen bekannten Londoner Bankier das Leben gekostet hatte. »Du erinnerst dich sicher an Donald L. Roylance. Man fand ihn vor zwei Tagen in seiner Villa. Irgendjemand hatte ihm einen Drink serviert, der Zyankali enthielt. In der Westentasche des Toten fand man deine Karte. Dearborn wollte dich unbedingt sprechen, und da hat ihm Leon vorgeschlagen, nach Lympne hinauszufahren. Unser Wagen steht nämlich schon wieder in der Werkstatt. Probleme mit dem Zündverteiler.«

Raymond Poiccart erhob sich. »Ich erledige schnell die Sache mit den Blumen. Dearborn wird jeden Augenblick hier aufkreuzen.«

\*

Dearborn kam pünktlich. Er hatte sich tatsächlich mit den schweren Koffern übernommen und bekundete Mühe, die Treppe hochzusteigen, die von der Halle ins Obergeschoß führte. Poiccart war längst mit einem Strauß Astern zurückgekehrt, der in grasgrünes Seidenpapier eingeschlagen war.

Dearborn sah überraschend gut aus, mit gepuderter Nase und dunklem Anzug von feinstem Zwirn. Außerdem roch er stark nach irgendeinem Wässerchen, lutschte Lakritze-Bonbons, und der Ring, den er am Mittelfinger der linken Hand trug, blitzte im Licht des Kristalllüsters nach allen Richtungen.

»Nun, meine Herren, ich habe es mir nicht nehmen lassen, Miss Velasquez zum Dinner einzuladen«, sagte er und hakte sich kameradschaftlich bei Manfred ein. »Manfred wird euch beiden inzwischen bestimmt erzählt haben, um was für eine Frau es sich bei diesem göttlichen Geschöpf handelt.«

»Um ein feuerblütiges Wesen aus einem exotischen Paradies«, rätselte Poiccart. »Passen Sie gefälligst auf, dass Miss Velasquez nicht mit Ihnen durchgeht, lieber Sna…inspektor.« Beinahe wäre Poiccart „Snake-Eye" über die Zunge gerutscht, ein Übername, der im Beisein des wohlbekannten Kriminal-Oberinspektor Philander Dearborn niemand auszusprechen wagte.

»Ich liebe unberechenbare Frauen«, erwiderte der Inspektor mit einem Augenzwinkern, zückte mit Grandezza seinen Geldbeutel und bezahlte die Blumen. Bevor er ging, trank er noch einen doppelten Scotch, der ihm allerdings wegen der Lakritze nicht schmeckte, nahm eine Tablette gegen die Rückenschmerzen und versprach, sich morgen wieder zu melden. »Ich möchte gern den Fall Roylance mit Ihnen besprechen, Manfred.«

»Vielleicht sollten Sie daran denken, den Fall Kriminal-Unterinspektor Roos zu übergeben, Inspektor«, schlug Manfred vor, der seinen neugewonnenen Busenfreund hinausgeleitete. Dearborn blieb stehen und blickte Manfred von der Seite forschend an.

»Wieso das?«

»Well, sollte Miss Velasquez aus irgendwelchen Gründen in Bedrängnis geraten und sich Scotland Yard um sie kümmern, wird man Sie wohl wegen Befangenheit ins Abseits stellen.«

Dearborn lachte, als hätte Manfred eben einen Scherz zum Besten gegeben. Und er stieß ihm neckisch den Ellbogen in die Seite.

»Von Vela lasse ich mir gern ein bisschen den Kopf verdrehen, mein Lieber, ohne gleich die Sinne zu verlieren.«

»Von Vela?«

»Ein äußerst exotisch klingender Name, finden Sie nicht auch?«, lachte der Oberinspektor und ging mit dem Blumenstrauß im Arm zu seinem Wagen, der am Bürgersteigrand geparkt war. Auf der anderen Seite stellte Mrs. Tripplestick gerade ihren Mülleimer heraus. Morgen war Abfuhr. Sie winkte herüber.

»Wie wär's zur Abwechslung mal wieder mit einer Partie Bridge, Mr. Manfred?«, rief sie.

Manfred lachte. »Keine schlechte Idee, Nachbarin!« rief er zurück und machte, dass er schleunigst ins Haus kam.

*

Es war nicht Inspektor Dearborn, der am nächsten Morgen anrief.

Poiccart schlief noch, und so nahm Leon den Hörer ab. Am anderen Ende der Leitung verlangte eine energische Frauenstimme George Manfred zu sprechen.

»Vor zehn Uhr am Morgen ist Manfred keinesfalls vernehmungsfähig«, sagte Leon und setzte sich auf den Polsterstuhl.

»Leon!« rief die Frau aus. »Bist du das? Leon Gonsalez, meine Liebe vergangener Tage?«

»Wäre ich ein anderer, ich glaube, ich würde es nicht zugeben. Du klingst, als würdest du dich ebenfalls freuen, Kathleen.«

»Und wie ich mich freue. Nach einem Abend mit diesem verschnupften Kriminalisten würde ich mich sogar über eine Begegnung mit meiner ehemaligen Schwiegermutter freuen.«

Leon grinste in sich hinein. »Du willst doch damit nicht sagen, dass sich Dearborn unanständig benommen hat, ein Gentleman vom Scheitel bis zur Sohle.«

»Trotzdem kann ich ihn im Moment nicht in meiner Nähe brauchen. Und Astern gehören meiner Ansicht nach auf den Friedhof, mein Lieber.«

»Du liebst ihn also nicht?«

»Nun, ich bin nicht nach London gekommen, um mich in einen verschnupften Kriminalinspektor von Scotland Yard zu verlieben, lieber Leon. «

»Aber du hast ihm trotzdem ganz schön den Kopf verdreht.«

»Ganz unabsichtlich. Das heißt, eine nähere Beziehung zu Scotland Yard könnte mir in Zukunft sicher nützlich sein. Außerdem ist er wirklich ein liebenswerter Mensch mit vielen versteckten Qualitäten.«

»Und warum willst du ihn dann so schnell wieder loswerden?«

Sie seufzte. »Hat dir denn Manfred nicht gesagt, weswegen ich hier bin?«

»Lexfield?«

»Richtig. Weißt du, wer Lexfield ist?«

»Nein. Aber ich hatte eigentlich die Absicht,

noch heute Morgen ein paar Nachforschungen anzustellen.«

»Wo?«

»Das, meine Liebe, geht dich nichts an.«

Sie lachte. »Ich dachte, wir arbeiten in diesem Fall zusammen, Leon.«

»Das können wir gerne tun, aber völlig diskret, bitte schön. Du weißt, dass wir nicht mehr nach den alten Methoden arbeiten. Seit einigen Jahren gehören wir sozusagen der sauberen Gesellschaft an.«

»Gibt es eine solche überhaupt, Leon?«

»Aber selbstverständlich nicht, Claro. Hier in unserer Stadt schon gar nicht, obwohl es Leute gibt, die so tun, als trügen sie eine saubere Weste.«

»Meinst du damit vielleicht, Lexfield könnte einer sein?«

»Noch lässt sich das nur vermuten, nicht wahr?«

»Heißt das, du verrätst mir tatsächlich nicht, wo du Informationen über Lexfield herkriegen willst?«

»Würdest du mir verraten, wie du an die Perlenkette herangekommen bist, die Lady Morain abhandengekommen ist?«

»Natürlich nicht!«

»Na, siehst du. Aber zum Trost werde ich es

dir mitteilen, wenn ich über Lexfield etwas in Erfahrung bringen kann. Was glaubst du, wer er ist?«

»Keine Ahnung. Aber der Gedanke, dass ihm Elsa Monarty auf Tod und Verderben ausgeliefert ist, macht mich rasend.«

»Beruhige dich, Kathleen. Noch kennen wir Lexfields Absichten nicht. Vielleicht ist er ein ehrenwerter Mensch, der ...«

»... der hier in London einer oberen Gesellschaftsklasse angehört.« Claro May, die von Leon mit ihrem richtigen Vornamen angeredet wurde, lachte auf. »Ich glaube nicht mehr an den Weihnachtsmann, seit ich fünf Jahre alt war, Leon. Sag Manfred bitte, er soll mich anrufen, wenn er wieder bei Sinnen ist.«

»Kann ich sonst noch irgendetwas für dich tun, Claro?«

»Halt mir bitte den verschnupften Inspektor vom Leib, Leon.«

»Das, denke ich, würde mir kaum gelingen.«

»Versuchs wenigstens«, schnappte sie und hängte ein, bevor er ihr darauf eine Antwort geben konnte. Leon lehnte sich im Polsterstuhl zurück, und während er über sie und einige längst vergangene Tage nachdachte, lächelte er versonnen. Er merkte nicht einmal, dass Poiccart hereinkam, im Nachthemd, das Haar

zerzaust und die nackten Füße in großen Filz-
latschen. Poiccart streckte sich gähnend und
zog die Vorhänge auf.

»Heute kommt die Putzfrau«, sagte er und
riss Leon damit aus seinen Gedanken.

5. Kapitel

**Ein Mann namens Lexfield**

Wo Leon Gonsalez seine Informationen her-
kriegte, verriet er nicht einmal seinen Partnern.
Und die nahmen ihm seine Geheimniskrämerei
nicht übel, denn die Hauptsache war es, »einen
Großen Fisch nicht entwischen zu lassen«, wie
sich Poiccart ausdrückte.

Leon verbrachte fast den ganzen Tag außer
Haus, und als er am Abend zurückkehrte, roch
es daheim frisch nach Schmierseife und anderen Putzmitteln. Das kleine Haus erstrahlte in
einem gediegenen Glanz, und Poiccart machte
wieder einmal den überaus glücklichsten Eindruck seines Lebens. Er hasste Unordnung
und Schmutz wie die Pest.

Nach dem Abendessen berichtete Leon, was
seine Nachforschungen ergeben hatten.

»Lexfield ist ein Mann, der offenbar mit
äußerster Geschicklichkeit zwischen Gesetzes-
paragraphen balanciert, ohne dass er bis jetzt
aus dem Gleichgewicht geraten wäre.« Leon
studierte seine Notizen, während er sprach.
»Er ist sechsunddreißig Jahre alt, großgewachsen, mit offenen, ziemlich jugendhaften Ge-
sichtszügen. Frauen finden ihn im Allgemeinen
bezaubernd, und es gelingt ihm leicht, ihr Ver-

trauen zu gewinnen. Dies, so scheint es, kommt den Damen oft teuer zu stehen, ohne dass diese sich dazu hinreißen ließe, gegen ihn vorzugehen. Diese Damen haben nämlich einen Ruf zu verlieren, während Lexfield fast unantastbar in bester Gesellschaft verkehrt und vor einigen Jahren sogar in den Aufsichtsrat eines großen Konzerns im West End gewählt wurde.«

»Warum hat er es dann nötig, seine Damenbekanntschaften zu schröpfen?«

»Nun, er liebt es, mit seinen Eroberungen und Errungenschaften anzugeben und hat unter den Reichen einige Gönner, von denen er vielleicht mehr weiß, als ihnen lieb sein kann.«

»Ein Ganove, der sich mitten in der sauberen Gesellschaft eingenistet hat?«

«So ungefähr. Er lebt zweifellos auf großem Fuß, Raymond. Teure Autos, modische Kleider, kostspielige Flugreisen und ...«, Leon brach kurz ab und blickte auf, »... ein Hobby, das ihn schon ein Vermögen gekostet hat.«

»Er ist dem Spielteufel verfallen«, meinte Manfred, und es war keine Frage, sondern eine Feststellung.

»So ist es«, bestätigte Leon. »Wahrscheinlich, und das ist nur eine Vermutung von mir, hat er Elsa in Monte Carlo im Spielcasino getroffen, wo er als vermeintlicher Gentleman-Spieler sicherlich großen Eindruck auf sie gemacht hat.« Leon blätterte um. »Nun, Lexfield hatte auch ein paar Pechsträhnen. Aus Indien wurde er ausgewiesen. In Neuseeland sind die Behörden bereit, gegen ihn vorzugehen, sollte er dorthin zurückkehren. In diesen Ländern war seine Spezialität Bigamie. Er hat mehrere Frauen geheiratet und noch einigen anderen die Heirat versprochen. Dabei entwickelte er ein einfaches, aber äußerst erfolgreiches System. Er suchte sich seine Opfer nur unter solchen Familien aus, die zu hoch stehen, um sich einem öffentlichen Skandal auszusetzen. Unsere illustren Freunde der gehobenen Klasse wollen ihn alle nur vom Hörensagen kennen. Niemand ist erpicht darauf ist, seinen Ruf öffentlich mit dem von Lexfield zu verknüpfen. Er ist verheiratet oder geschieden, und mein Informant behauptet, dass seine Frau zurzeit in London weilt, um ihn an seine Verpflichtungen zu erinnern. Er selbst war bis vor kurzer Zeit in Australien ...«

»Und wo hält sich Mr. Lexfield momentan auf?« unterbrach Manfred Leons weitschweifenden Ausführungen.

»Er hat eine prachtvolle Stadtwohnung in der City of Westminster, in der Jermyn Street. Bevor du mir sagst, dass es in der Jermyn Street überhaupt keine prachtvollen Wohnungen gibt, möchte ich dir sagen, dass verschiedene wenigstens einen solchen Eindruck machen.«

»Könnte es sein, dass sich Elsa Monarty dort aufhält?«

»Das konnte ich leider nicht in Erfahrung bringen, aber möglich wäre es schon. Du wirst dich mit Lexfield in Verbindung setzen müssen, wenn du genau wissen willst, was mit Elsa Monarty passiert ist.«

»Glaubst du, dass Claro May ebenfalls an diese Informationen herankommt?«

»Vermutlich wird ihr das nicht schwerfallen, George. Vergiss nicht, dass sie im kriminalistischen Sinn eine Spitzenkönnerin ist, die ich sehr hoch einschätze. Sie wird sich vorgenommen haben, sich an Lexfield heranzumachen, in der Absicht, ihm ein für alle Mal das Handwerk zu legen.«

»Dann können wir sie vielleicht als Köder verwenden«, schlug Manfred vor.

»Daran habe ich auch schon gedacht. Ich fürchte nur, dass Claro dabei nicht mitmachen wird, es sei denn, sie erliegt deinen Verführungskünsten.«

Manfred verzog sein Gesicht. »Sie ist mit allen Wassern gewaschen, Leon, und mir in Belangen der zwischenmenschlichen Beziehungen sicherlich beinahe ebenbürtig.«

»Dann wirst du dich eben umso mehr bemühen müssen, George«, wandte Poiccart ein. »Oder soll ich den Fall übernehmen? Ich bin der einzige, der noch nicht das Vergnügen hatte, Miss Claro May zu begegnen, und nach allem, was mir bis jetzt über sie zu Ohren gekommen ist, lohnt es sich direkt, für die Dame Kopf und Kragen zu riskieren.«

»Überlass das doch lieber einem Fachmann«, wandte Manfred ein.

»Oh, das klingt schon fast, als ob du unter der gleichen Krankheit leiden würdest wie unser verehrter Freund bei Scotland Yard.«

»Der uns bei diesem Fall allen so ziemlich im Wege herumlümmelt«, sagte Leon Gonsalez ernst. »Ich hoffe, dass es Claro gelingt, ihm eine Abfuhr zu erteilen, denn er gefährdet durch sein Buhlen um ihre Gunst unsere Ermittlungen.« Leon tippte mit dem Zeigefinger auf seine Notizen. »Also, Mister Gary Lexfield hat sich im letzten Winter in Australien aufgehalten. Im April dieses Jahres ging er möglichst unauffällig und unter falschem Namen in Sydney an Bord der *Morovia*. Sein Charme und seine Anziehungskraft - Eigenschaften, die für einen vollendeten Hochstapler fundamental sind - verhalfen ihm auf dem Schiff zu einem kleinen

Vermögen von fast neuntausend Pfund, das er von zwei australischen Geschäftsmännern erschwindelte. Diese beiden wiederum hatten ihm zu einer sehr engen Beziehung mit der Tochter eines Großgrundbesitzers verholfen, der nicht weniger wohlhabend schien.«

»Und diese Tochter ist eine seiner vielen Frauen geworden?«, vermutete Poiccart.

»Nein, nur beinahe. Tatsache ist, dass ihn eine gehörige Portion Glück davor bewahrte, einen gravierenden Fehler zu begehen. Als man nämlich in England an Land ging, waren sie - die Vorsehung schien es gut zu meinen - glücklich verlobt. Aber am Tage der Ankunft wurde seine zukünftige Frau krank; ein gewöhnlicher Fall von Blinddarmentzündung. Sie wurde sofort vom Schiff weg in ein Krankenhaus eingeliefert und operiert. Bevor sie jedoch wieder entlassen wurde, hatte Lexfield in Erfahrung gebracht, dass sich sein zukünftiger Schwiegervater, der millionenschwere Großgrundbesitzer in Australien, in schlimmen finanziellen Schwierigkeiten befand. So löste er die Verlobung, und das arme Mädchen arbeitet heute als Serviererin in Liverpool.«

»Unser Vampir jedoch hielt nach frischem Blut Ausschau«, meinte Manfred lakonisch und zündete eine Zigarette an. »Er packte seinen Koffer und reiste nach Monte Carlo.«

»Wo er Elsa Monarty begegnete«, fuhr Leon fort. »Und von diesem Moment an bleibt uns nicht viel anderes übrig, als Vermutungen anzustellen. Wir wissen, dass er Monte Carlo mit Elsa verlassen hat, nach Zürich reiste und ihr einen teuren Diamantring kaufte. Sie hingegen löste ihre beiden Konten auf, verkaufte den kleinen italienischen Sportwagen und buchte einen Flug nach London, und zwar auf den Namen Mr. und Mrs. Johnson. In seiner Wohnung hier in London ist Lexfield bis jetzt nicht aufgetaucht. Das heißt, dass er entweder mit seiner Braut zusammen eine Reise durch England macht oder dass er sich woanders eingenistet hat. Das ist so ungefähr alles, was wir zu diesem Zeitpunkt wissen, nicht wahr?«

»Und wir wissen auch, dass sich Claro May in London befindet und dies im Auftrag von Richard Monarty, Elsas Vater. Wirst du ihr deine Informationen nun weitergeben, Leon?«

Leon wiegte den Kopf. »Eigentlich hatte ich die Absicht, dir diese Entscheidung zu überlassen.«

Manfred erhob sich. »Dann entschuldigt mich bitte«, sagte er. »Ich habe eine Verabredung, die ich keinesfalls verpassen möchte.«

Sie fragten ihn nicht, mit wem, denn seine

Augen verrieten ihn. Er sah beinahe genauso krank aus wie Philander Dearborn, und den hatte Amors Pfeil mitten ins Herz getroffen.

*

Nach einem kurzen Besuch im *Ambassador*, wo man George Manfred ausrichtete, dass Miss Velasquez zum Dinner abgeholt worden war, fuhr Manfred in die Jermyn Street, eine Straße, die parallel zum Picadilly verläuft. Tatsächlich waren hier die meisten Häuser alt und nach außen hin keineswegs bemerkenswert. Manfred aber wusste, dass sich gerade in diesen Häusern jene Leute moderne Zweitwohnungen eingerichtet hatten, deren Privat- und Geschäftsleben nicht leicht zu ergründen war. Die Wohnungen waren zentral gelegen, dicht beim Picadilly und knapp einen Kilometer von der Charing Cross Station entfernt, dem Bahnhof der Londoner Innenstadt.

Manfred hätte nicht im Traum gedacht, dass er schon an diesem Abend das recht zweifelhafte Vergnügen haben würde, mit Mr. Gary Lexfield zusammenzutreffen. Völlig zufällig. Er wusste nicht einmal, dass sich Gary Lexfield tatsächlich in London aufhielt und in seiner Wohnung einquartiert hatte. Nach Leons Informationen war diese zurzeit unbewohnt.

Es war eine törichte, ganz unbedeutende Angelegenheit, die Veranlassung zu Manfreds erstem Zusammentreffen mit diesem zwielichtigen Edelmann gab.

Ziemlich spät am Abend spazierte Manfred im Nebel die Jermyn Street hinunter. Unweit des Hauses, in dem sich Lexfields Wohnung befand, begegnete er einem Mann, der wütend auf eine Frau einsprach. In der Annahme, es handle sich um eine jener Zankereien, denen man lieber aus dem Weg geht, schlenderte Manfred weiter, als er hinter sich das Geräusch eines dumpfen Schlages vernahm, dem ein leiser Schrei folgte. Manfred wandte sich um und bemerkte sogleich, dass die Frau nun halb am Boden lag. Ihre Hände klammerten sich an den eisernen Zaunstäben des Vorgartens eines Hauses fest, während der Mann breitbeinig und mit geballter Faust über ihr stand. Manfred brachte es einfach nicht fertig, weiterzugehen. Stattdessen ging er schnell zurück und blieb so dicht vor dem Mann stehen, dass dieser unwillkürlich ein paar Schritte zurück wich und die erhobene Faust senkte.

»Haben Sie die Frau geschlagen?«

»Was zum Teufel geht Sie das an? Kümmern Sie sich gefälligst um Ihre eigenen Ange ...«

Manfred packte ihn kurzerhand und warf ihn ohne ein weiteres Wort über den Zaun, dessen Stäbe mit Spitzen versehen waren. Als er sich umblickte, war die Frau verschwunden, und der Mann im Vorgarten klagte ächzend darüber, dass er in einen Dornenbusch gefallen sei. Es dauerte eine Weile, bis er im Gestrüpp auftauchte und zum Zaun kam. »Was zum Teufel kümmern Sie sich um Angelegenheiten, die Sie absolut nichts angehen«, keuchte er wütend. »Meine geschiedene Ehefrau war es, und ich sage Ihnen, sie ist alles andere als ein Engel.«

»Man schlägt trotzdem eine Frau nicht, mein Freund«, sagte Manfred und schaute zu, wie der Mann umständlich über den Zaun kletterte. Irgendwo miaute eine Katze und der Mann sah sich nach seiner Frau um.

»Well, sie ist abgehauen! Einfach verschwunden. Da sehen Sie, von welchem Schlag sie ist!« Der Mann klopfte sich feuchte Gartenerde aus dem Mantel, und als er den Kopf hob und ihm das schwache Licht einer im Nebel stehenden Laterne ins Gesicht fiel, wusste Manfred, dass er Gary Lexfield vor sich haben müsste.

Lexfield mochte der Traum vieler Frauen sein, schlank, großgewachsen, mit dunklem Haar und blauen Augen. Über seinem Mund hatte er sich einen Schnurrbart stehen lassen, und obwohl ihn Manfred ja eben über den Zaun geworfen hatte, war er aufgeräumt und fröhlich. »Natürlich nehme ich Ihnen nicht krumm, dass Sie mir zu einem unfreiwilligen Flug verholfen haben, mein Freund, aber das nächste Mal lassen Sie mich bitte erst nach einem geeigneten Landeplatz Ausschau halten.« Er streckte Manfred die Hand hin. »Lexfield«, sagte er. »Gary Lexfield. Wer hier um diese Nachtzeit zu Fuß unterwegs ist, wohnt entweder in der Nähe, oder er hat sich verlaufen.«

Manfred gab seinen Namen als Henry George an und sagte, dass er in der Babmaes Street wohne, einer kleinen Querstraße der Jermyn Street.

»Well, wenn ich nicht wüsste, dass mir meine ehemalige Gemahlin wahrscheinlich an der Haustür auflauert, würde ich Sie zu einem Scotch einladen, Henry. Aber vielleicht sehen wir uns demnächst.«

»Dann hoffentlich unter erfreulicheren Umständen«, sagte Manfred, stellte den Mantelkragen hoch und schlenderte weiter die Jermyn Street hinunter. Sobald er aus dem Laternenlicht heraus war, blieb er stehen. Er konnte Lexfield nicht mehr sehen. Manfred überquerte die Straße und ging zurück bis zum Haus, in dem Lexfield seine Wohnung hatte. Im zweiten Stock brannte jetzt Licht. Jemand zog die Vorhänge zu, und den schattenhaften Umrissen nach handelte es sich um eine Frau. War es Elsa Monarty oder die Frau, mit der Lexfield zusammen gewesen war? Manfred nahm sich vor, seinem »Nachbarn« schon am nächsten Tag einen Besuch abzustatten.

*

Von der Jermyn Street fuhr Manfred zurück zum *Ambassador*, einem der exklusivsten Hotels in London. Der Pförtner hielt ihm die Tür des Taxis auf und geleitete ihn durch das riesige Portal in die Empfangshalle mit den weißgetünchten Wänden, den Säulen aus italienischem Marmor, dem mit teuren Teppichen ausgelegten Boden und den breiten Treppen, die sich in weiten Bögen zum Obergeschoß hinaufzogen. Zwischen den Treppen befand sich der Aufzug.

Der Pförtner rief über das Haustelefon die Suite an, welche Claro May unter dem Namen Dolores Velasquez bezogen hatte. Die Suite befand sich im obersten Stock, mit Balkon auf den Picadilly hinaus und einer freien Sicht über den prachtvoll gelegenen Greenpark und die Dächer des Buckingham-Palastes.

»Miss Velasquez erwartet Sie oben«, sagte der Pförtner, nachdem er Manfred angemeldet hatte.

Der Page beim Lift verbeugte sich höflich, ließ Manfred eintreten und fuhr ihn fünf Stockwerke nach oben.

Manfred war mehr als überrascht, als er die Suite betrat und Philander Dearborn entdeckte, der ohne Schuhe und mit aufgeknöpftem Hemd in einem Polstersessel saß und so tat, als wäre er hier zu Hause.

»Na, na, Manfred, noch immer unterwegs?«, fragte er huldvoll.

Claro May, die ihn hereingebeten hatte, lächelte, als wäre alles in bester Ordnung, und bot Manfred einen Scotch an. »Der Inspektor war eigentlich gerade im Begriffe zu gehen«, sagte sie. »Nicht wahr, Phil, du wolltest doch noch einmal im Yard nach dem Rechten sehen?«

Dearborn kratzte sich hinter dem Ohr. »Der Fall Roylance liegt mir schwer im Magen«, sagte er. »Wenn ich nur wüsste, warum er Ihre Karte in der Tasche hatte, als er ermordet wurde.«

Manfred wiegte den Kopf. »Vielleicht wollte er mich als Alleinerbe einsetzen«, sagte er so ernst, dass Dearborn den leisen Spott in der Stimme überhörte. Und da er keine Anstalten machte, nach Hause zu gehen, richtete sich Manfred auf einen langen Abend ein. Bis Mitternacht unterhielten sie sich, und Claro May erzählte von Brasilien, so als ob sie tatsächlich einmal dort gewesen wäre; von Copacabana und dem dortigen Sandstrand, an dem die Jungs Fußball spielten, vom Zuckerhut und vom Karneval in Rio. Dearborn war unheimlich fasziniert, bis seine Augenlider immer schwerer wurden und er schließlich, als Big Ben zweimal geschlagen hatte, auf der Couch eingeschlafen war, den Mund offen, weil seine Nase nicht mehr einwandfrei funktionierte. Er schnarchte so laut, dass sich Manfred und Claro keine Mühe gaben, leise zu sein. Sie unterhielten sich an der kleinen Bar der Suite, von der aus man einen Blick über die Kuppeln der National Gallery hatte, ohne dass man den Barhocker verlassen musste. Manfred jedoch behielt auch Philander Dearborn im Auge, obwohl dieser wahrscheinlich nicht einmal durch einen Donnerschlag aufgewacht wäre, während er Claro May kurz sein eigenes Erlebnis und was Leon über Lexfield in Erfahrung gebracht hatte, erzählte. Überrascht wurde sie von seinen Ausführungen nicht. Hatte sie doch schon von

Anfang damit gerechnet, dass Elsa Monarty einem Hochstapler in die Klauen gefallen war.

»Es dürfte ja nicht schwierig sein, herauszufinden, ob sich Elsa in Lexfields Wohnung aufhält«, sagte Claro May. »Warum statten Sie ihm nicht morgen einen nachbarlichen Besuch ab, Mr. Manfred? Er hat Sie doch dazu eingeladen.«

»Genau das hatte ich vor. Ich bin allerdings davon überzeugt, dass Elsa nicht bei ihm ist. Ich habe die Wohnung länger als eine Stunde beobachtet. Es brannte kein Licht. Die Läden waren zu. Das ganze Haus scheint unbewohnt zu sein.«

»Aber als Lexfield zu Hause war, ging ein Licht an, und Sie haben eine Frauengestalt an einem Fenster gesehen.«

»Am einzigen Fenster des Hauses, das keine Läden hatte.«

»Könnte es auch die Frau gewesen sein, mit der er eine Auseinandersetzung hatte?«

»Das wäre möglich.« Manfred trank sein Glas leer. »Wie wollen wir vorgehen, wenn Elsa nicht bei ihm ist?«

Sie sah ihn an, und dann lächelte sie dieses hintergründige Lächeln, das ihm das Gefühl vermittelte, als vermöchte er keinen Entschluss zu fassen, den sie nicht schon selbst gefasst hatte.

»Wenn Elsa nicht bei ihm ist, müsste das hei-ßen, dass Lexfield sie irgendwo ausgesetzt hat, nicht wahr«, sagte Claro May. »Zum ersten Mal passierte es ja nicht.«

»Müssten wir dann nicht davon ausgehen, dass Elsa ihre Eltern anruft und nach Paris zurückreist?«

»Nicht Elsa. Sie wird versuchen, mit diesem Schlamassel allein fertig zu werden. Aus Scham vielleicht. Und aus Trotz. Aber keinesfalls wür-de sie ihre Eltern um Hilfe bitten.«

»Es sei denn, sie weiß nicht mehr ein noch aus oder befindet sich in Gefahr.«

»Glauben Sie, dass Lexfield im Stande wäre, ihr etwas anzutun?«, fragte Claro und senkte für einen Moment ihre Lider.

Manfred holte tief Luft. »Das ist schwer zu sagen. Den Informationen nach, die Leon ein-geholt hat, ist er nicht gewalttätig.«

»Aber Sie haben selbst gesehen, wie er die Frau geschlagen hat.«

»Ich hörte es. Der Schlag kann die Reaktion auf eine Herausforderung gewesen sein, der Lexfield aus irgendwelchen Gründen nicht an-ders zu begegnen vermochte. Ein Mann, der seine Ehefrau oder Ex-Ehefrau schlägt, ist zwar ein Schuft, aber noch lange kein Blaubart.«

Claro May stützte den Kopf in ihren Händen

auf und starrte in ihr Glas hinein. »Ich habe kein gutes Gefühl«, sagte sie leise. »Oder besser gesagt, mir schwant Böses, Mister Manfred.«

»George.«

Sie hob den Kopf, sah ihn an und lachte leise auf. »Nein, ich habe mich heute schon von diesem glorreichen Inspektor dazu verleiten lassen, uns zu duzen. Philander! Welch ein Name!«

Kaum hatte sie den Namen genannt, hob Dearborn den Kopf, blinzelte völlig verwirrt in der Gegend herum, schmatzte mit den Lippen, als hätte er einen Schnuller im Mund, und schlief weiter.

»Versuchen Sie herauszufinden, in welchen Clubs Lexfield verkehrt, in welchen Restaurants er diniert und wo er sonst noch auf die Pirsch geht. Ich bin sicher, dass er London zu seinem Revier gemacht hat.«

»Dann haben Sie die Absicht, sich ihm als Köder anzubieten?«

Claro May lächelte. »Ist es nicht das, was Sie mir vorschlagen wollten, als Sie hierherkamen?«, fragte sie zurück.

Manfred kam nicht umhin, diese Frau zu bewundern, und fast wünschte er, sie hätte sich ihm und seinen Partnern als viertes Mitglied angeschlossen.

Sie erhob sich vom Barhocker und zeigte auf Dearborn. »Nehmen Sie ihn bitte mit«, bat sie. Dann beugte sie sich über den Inspektor. »Philander« hauchte sie ihm ins Ohr. Dearborn fuhr hoch, als hätte eine Schlange seinen Namen gezischt.

6. Kapitel
## Der Köder an der Leine

George Manfred lieh sich von Mr. und Mrs.
Tripplestick früh am nächsten Morgen den
Zwergschnauzer aus, der auf den Namen Mr.
Smith hörte. Sein Leben lang hatte Mister
Tripplestick unter seinem eigenen Familien-
namen derart leiden müssen, dass er wenigstens
dem Zwergschnauzer einen einfachen Namen
geben wollte. Und Mr. Smith passte. Der kleine
graue Hund war weder schön noch hässlich,
gab kaum einen Laut von sich, pinkelte grundsätzlich nie, wenn man ihm zusah, und hielt
sich strikt an alle möglichen Hunderegeln, die
Mr. und Mrs. Tripplestick extra für ihn geschaf-
fen hatten.

Manfred sah sich gezwungen, seine besten
Überredungskünste anzuwenden, und auch
die hätten ihm beinahe nicht weitergeholfen.
Mr. und Mrs. Tripplestick waren erst dann bereit, ihm Mr. Smith auszuleihen, als er ihnen
versprach, dafür nächste Woche ganz bestimmt
zum Bridge zu kommen.

»Und nicht länger als bis zehn Uhr«, ermahnte
ihn Mrs. Tripplestick, eine resolute Frau, vor der
Manfred einen geradezu höllischen Respekt
hatte, seit sie ihn einmal vom Fenster aus mit

Holzscheiten bombardiert hatte.

Manfred und Mr. Smith kamen gut miteinander zurecht. Im Taxi hockte sich Mr. Smith neben dem Chauffeur hin und beobachtete die vorbeiziehende Welt zu beiden Seiten mit geradezu menschlichem Interesse. Manfred war sich über Mr. Smith's Wesen gar nicht mehr im Klaren, als der Chauffeur am Ende der Fahrt unaufgefordert ausstieg und dem Hund die Tür aufhielt. »Ein bemerkenswertes Tier«, sagte er dabei, und Mr. Smith pinkelte ganz schnell gegen den linken Vorderreifen, während Manfred bezahlte und gerade niemand hinsah.

In der Jermyn Street, wo ein dämlicher Bullterrier beinahe vom Balkon eines Hauses fiel, weil er dem Zwergschnauzer unbedingt an den Kragen wollte, zeigte sich Mr. Smith's wahrer Charakter. Er blieb herausfordernd direkt unter dem Balkon stehen, bis sich der Bullterrier in seiner verzweifelten Wut in den eigenen Stummelschwanz zu beißen begann und sich dabei in rasender Schnelligkeit um die eigene Achse drehte. Erhobenen Hauptes stolzierte nun Mr. Smith an Manfreds Seite weiter, ohne sich noch ein einziges Mal nach dem Bullterrier umzublicken.

»Dämlicher Hund«, sagte Manfred, und

insgeheim wünschte er sich, er hätte Mr. Smith in ein Gespräch verwickeln können, aber das hielt er dann doch für unmöglich.

An dem Haus, in dem Gary Lexfield seine Wohnung hatte, drückte Manfred den Klingelknopf. Es war neun Uhr am Morgen, und im Haus war kein Geräusch zu hören. Noch einmal klingelte er, und dieses Mal etwas länger.

Nach einer Weile hörte er Schritte, und zu seiner Überraschung öffnete ihm eine Frau, die George Manfred sofort wiedererkannte, obwohl er sie eigentlich noch gar nie richtig gesehen hatte. Die Frau hatte einen kleinen Bluterguss am Kinn, dort, wo sie von einem Faustschlag getroffen worden sein musste.

Sie war eine hübsche Frau, etwa dreißig Jahre alt, mittelgroß und dunkelblond. Manfred nahm an, dass es sich bei ihr um Lexfields Ehefrau handelte.

»Guten Morgen, Madam«, sagte er fröhlich. »Mr. Smith und ich erkunden die Nachbarschaft, und da wollte ich doch die Gelegenheit wahrnehmen, Mister Lexfield meinem Freund hier vorzustellen.«

Natürlich war die Frau ziemlich durcheinander, aber bevor sie Manfred vor der Tür stehenlassen konnte, ertönte Lexfields Stimme.

»Wer ist denn da, Lucy?« rief er.

»George Henry, Madam«, sagte Manfred schnell. »Und Mr. Smith.«

»George Henry und Mr. Smith!« rief sie.

»Henry? Du meinst ... ja, zum Teufel, schlafen Sie denn nie, Henry? Es ist doch noch mitten in der Nacht.« Hinten im Zwielicht des langen Flures tauchte Gary Lexfield auf, der im Begriff war, sich einen Morgenmantel umzuwerfen. »Kommen Sie rein, mein Freund. Lucy wird uns Kaffee machen.«

Doch die Frau hatte andere Absichten. Sie ließ Manfred stehen, drehte sich um und verschwand in einem der Zimmer. Lexfield entschuldigte sich lachend bei Manfred. »Sie wird heute London verlassen«, flüsterte er ihm zu. »Wissen Sie, wir leben beide so ziemlich unser eigenes Leben.« Und laut fügte er hinzu. »Well, dann kommen Sie rein. Ich bin überzeugt, dass es mir gelingen wird, selbst einen Kaffee zu machen.«

Gary Lexfields Art, mit einer überraschenden Situation fertig zu werden, beeindruckte Manfred. Offenbar hielt er nicht sehr viel von gesellschaftlichen Regeln oder traditioneller Etikette, denn er lud seinen Gast samt Hund in die modern eingerichtete Küche ein, füllte eine Schüssel mit Milch für Mr. Smith und hantierte mit Geschirr, Pfannen und Töpfen herum, wie es nur ein Mann tun konnte, der langjährige Übung darin hatte. Gary Lexfield war nicht wie Poiccart, der häusliche Arbeiten fast mit der stillen Freude eines Künstlers erledigte, Lexfield tat jeden Handgriff automatisch, redete fast ununterbrochen, schüttete achtlos Kaffee neben den Topf, knallte das Geschirr auf den Tisch, dass es nur so schepperte, und ließ sämtliche Türen und Schubladen der Kücheneinrichtung offenstehen. Trotzdem brachte er ein ausgezeichnet schmeckendes Frühstück zusammen, und Manfred erfuhr währenddessen von ihm so viel über sein Privatleben, dass ihm im Geiste das Notizpapier ausging, noch bevor Lexfield fertig war.

Er log nach Strich und Faden; erzählte von Verwandten, die in Schottland ein altes Schloss bewohnten, von einer Ranch in Australien, die fast so groß war wie East Anglia, von Besitztümern in Europa und von einer Segelyacht, die im Hafen von Ibiza vor Anker lag. Er zeigte Manfred sogar eine Karte, die ihn als Ehrenmitglied eines bekannten Londoner Rudervereins auswies, eine Mitgliedskarte eines exklusiven Golfclubs und ein Foto, das ihn mit einem italienischen Prinzen zeigte, Arm in Arm auf der Insel Capri.

»Sehen Sie, mein Freund, ich habe mir schon als Zwanzigjähriger Gedanken darüber gemacht, wie ich mein Leben gestalten könnte, ohne harter Arbeit nachzugehen, mir familiäre Verpflichtungen oder Verantwortung aufzuhalsen.« Lexfield hieb Manfred auf die Schulter. »Mein Leben ist das eines Königs und das eines Bettlers, mein lieber Henry. Ich bin reich und arm, ich habe tausend Freunde und tausend Feinde, ich bin mal hier und mal dort, und solange mir die Lucy nicht in die Quere kommt, bin ich der glücklichste Mensch auf dieser Erde. Auf jeden Fall, mein Freund, würde ich mit niemandem tauschen.«

»Das glaube ich Ihnen gern«, sagte Manfred, der sich Mühe gegeben hatte, Lexfield nicht ein einziges Mal zu unterbrechen.

»Und nun, mein Freund, erzählen Sie mir doch etwas von sich. Oder lassen Sie mich raten«, Lexfield lachte. »Ich bin ein begnadeter Menschenkenner, Henry.« Lexfield tupfte sich mit einer Serviette die Lippen sauber und musterte Manfred mit seinen leuchtenden blauen Augen, die schon so manchen Frauen zum Verhängnis geworden waren.

»Sie sind kein Angestellter«, sagte Lexfield nach einer Weile. »Sie sind aber auch kein Geschäftsmann. Ich meine, Sie sind kein Ladenbesitzer und kein Fabrikant, nicht wahr?«

Manfred lächelte. »Sie werden nie darauf kommen, Gary«, sagte er.

»Meinen Sie? Nun, dann sage ich Ihnen auf den Kopf zu, dass ich Sie für einen Mann halte, dem es ebenfalls gelungen ist, dem Leben das Beste abzugewinnen. Sie sind unverheiratet und ein Herzensbrecher. Ich bin zum Beispiel sicher, dass Mr. Smith hier nicht ihr Hund ist, sondern der Liebling einer hübschen jungen Dame, die Sie mir hoffentlich nicht ewig vorenthalten wollen.«

Manfred merkte, wie ihm das Blut zu Kopfe stieg. Er verzog sein Gesicht zu einem listigen Grinsen.

»Ziemlich gut für den Anfang«, sagte er. »Aber ich muss Sie leider enttäuschen, Gary, ich habe tatsächlich einen Beruf, den ich gern ausführe.«

»Sie sind Makler! Grundstücke? Wertpapiere?« Lexfield lachte auf. »Nicht wahr, ich habe Recht?«

Und Manfred nickte. »Aufs Haar, Gary. Ich bewundere Ihre Fähigkeit, Menschen einzuschätzen.«

Lexfield hieb Manfred wieder auf die Schulter. »Übung, mein Freund. Ich bin in der ganzen Welt herumgekommen. Bis auf Amerika. Süd-

und Nordamerika. Aber meine Pläne sind dementsprechend, Henry. Ich glaube, den nächsten Winter werde ich in Mexiko verbringen. Oder auf den Bahamas.«

»Sie sind zu beneiden.« Manfred trank seinen Kaffee, und so, als hätte Mr. Smith nur darauf gewartet, zog er an der dünnen roten Leine, mit der ihn Manfred am Tischbein festgebunden hatte.

»Well, Mr. Smith hat das Bedürfnis, noch eine Runde zu marschieren, Gary. Es war nett, Sie kennenzulernen.«

»Was ich von mir nicht unbedingt behaupten kann«, lachte Lexfield und hakte sich bei Manfred ein. »Der Flug über den Zaun hat mir die ganze Nacht zu schaffen gemacht. Wollen Sie mal sehen? Hier! Schauen Sie her, mein Freund! Sieht nicht gerade schön aus, nicht?«, er hob den Morgenmantel und zeigte Manfred schamlos einen großen dunklen Bluterguss hoch am linken Oberschenkel und an der Backe.

»Tun Sie etwas Salbe drauf«, sagte Manfred, lächelte und ließ sich von ihm hinausbegleiten. »Und kommen Sie mal vorbei. Denken Sie daran. Babmaes Street achtunddreißig.«

»Dazu werde ich in den nächsten Tagen kaum kommen, Henry.« Lexfield schmunzelte. »London liegt mir zu Füßen. Ich bin erst seit einigen Tagen wieder in England, und da gibt es sehr viel Neues zu entdecken. Heute Abend zum Beispiel werde ich mein Glück bei einem Gala-Dinner zu Ehren von Sir Arthur und Lady Arthur im großen Saal des Ritz-Carlton versuchen. Drücken Sie mir mal schön die Daumen, Henry.«

Manfred versprach ihm, genau dies zu tun, ließ sich noch einmal kameradschaftlich auf die Schulter hauen und folgte dann Mr. Smith die Treppe hinunter. Erleichtert trat er ins Freie. Länger hätte er Gary Lexfield und seine überwältigende Art nicht mehr ertragen können. Er ging die Straße hinunter und vergewisserte sich, dass es in der Babmaes Street keine Nummer 38 gab. Falls Lexfield doch auf die Idee gekommen wäre, ihm einen Besuch abzustatten, hätte er das Haus nicht gefunden und wahrscheinlich gedacht, die Hausnummer falsch verstanden zu haben.

*

Leon Gonsalez gelang es, für Miss Velasquez kurzfristig eine Einladung zum Gala-Dinner im Ritz-Carlton zu erlangen. Einer von Leons einflussreichen Freunden, auf die er immer zählen konnte, hatte sie für ihn organisiert.

Wie Gary Lexfield zu seiner Einladung gekommen war, wusste niemand. Aber er traf pünktlich um acht Uhr am Abend im Ritz-Carlton ein, in einem gemieteten Rolls-Royce und mit Chauffeur. Seine Visitenkarte, die er dem Portier zusammen mit einer Banknote überreichte, trug außer seinem Namen nur noch eine Adresse in St. Moritz.

»Die Winteradresse«, pflegte Gary Lexfield scherzend zu sagen, wenn ihn jemand danach fragte.

Im großen Saal des Ritz-Carlton, der im Glanz mächtiger Kronleuchter erstrahlte, waren die Tische sehr exquisit gedeckt und geschmückt. Schwarz gekleidete Ober servierten Champagner und winzig kleine Sandwiches. Auf einer Anrichte reihten sich die Vorspeisen: Frischer Lachs, Kaviar und andere Spezialitäten, vom Küchenchef persönlich auf den silbernen Tabletts hergerichtet. Unterhaltungen wurden leise geführt, jeder neue Gast von einem livrierten Diener am Portal angesagt.

»Mister und Missis Joseph Faragher junior« sagte der Mann beim Portal, und jeder im Raum kannte den Londoner Börsenmakler Faragher jr. und seine Frau Gemahlin, die ein weitausgeschnittenes, nachtblaues Seidenkleid trug, schwarze spanische Spitzen aus Madrid, Frisur von Armand Racine und Make-up von Daniel Botkin. Die beiden erregten verhaltenes Aufsehen.

Nach ihnen wurde Miss Velasquez angesagt, und Gary Lexfield, der an einer Säule lehnte und die Lage prüfte, verschluckte sich beinahe an seinem Champagner, als er die Dame sah. Er registrierte sofort, dass sie nicht in Begleitung war.

Dolores Velasquez. Ein exotisches, sonnengebräuntes Wunder der Natur. Gary Lexfield setzte sein bestes Gesicht auf, leicht blasiert, leicht interessiert, und ihre Blicke trafen sich zwischen anderen Leuten hindurch, Blicke, die sich wie die Klingen feuriger Schwerter kreuzten. Eine ihrer dünnen, leicht geschwungenen und sorgfältig nachgezogenen Brauen hob sich etwas, dann wandte sie ihm den Rücken zu. Aber was für ein Rücken war das! Makellose Haut, über die schwarze Korkenzieherlocken herunterhingen, schimmerte aus dem tiefen Rückendekolleté. Ihr Kleid war von tiefstem Schwarz, glitzernd, mit dünnen Trägern und einem Seitenschlitz. Gary Lexfield folgte ihr mit den Augen, bewunderte ihren wundervoll leichten Gang, ihre graziösen und doch so schwungvollen Bewegungen. Sie nahm ein Glas von einem Tablett, sah sich um und schien niemanden im Saal zu entdecken, mit dem sie hätte anstoßen können. Da hob Gary Lexfield, noch immer an der Säule lehnend, lässig sein Glas, und für Sekunden huschte ein Lächeln über ihre dunkelroten, glänzenden Lippen. Sie hob ihr Glas kaum merklich, nippte am Champagner und wurde von einem anderen Gast angesprochen.

Gary Lexfield ließ kein Auge mehr von ihr, und er wünschte sehnlichst, sie wären am selben Tisch platziert gewesen. Aber es stellte sich heraus, dass Miss Velasquez an dem Tisch Platz nahm, an dem auch Mister und Missis Faragher saßen, und Gary Lexfield blieb nichts anderes übrig, als sich zu zwei ältlichen Damen zu quetschen, die beide einige Stränge echter Perlen um ihre dünnen Faltenhälse gewickelt hatten und zwischen achtzig und hundert Jahren alt sein mussten. Älter bestimmt nicht.

Ab und zu aber, während des Essens, trafen sich die Blicke von Gary Lexfield und Dolores Velasquez kurz, und als die Kapelle zum Tanz aufspielte, erhob sich Gary, knöpfte sein Jackett zu und entschuldigte sich bei seinen Tischnachbarinnen. Er kam gerade noch rechtzeitig, Miss Velasquez zum Tanz zu bitten.

Sie zögerte nur einen winzigen Augenblick, dann erhob sie sich, überließ ihm ihren Arm,

und er führte sie in die Mitte der großen Tanz-
fläche.

Es fiel Gary Lexfield niemals schwer, mit einer
hübschen Frau eine Unterhaltung anzufangen.
Manchmal genügte ein scherzhaftes Wort, das
Eis zu brechen. Manchmal erforderte es die
Situation, nach alten, wohlbewährten Regeln
vorzugehen. Bei Dolores Velasquez hielt es
Lexfield für angebracht, mit einem lockeren
Spruch zu beginnen. Er führte sie sanft, betäubt
von ihrem Parfüm, und sagte mit samtener
Stimme: »Zum Glück hat man Sie eingeladen,
Madam.«

Sie drehte den Kopf etwas und blickte ihn
von unten herauf mit ihren großen dunklen
Augen leicht amüsiert und trotzdem fragend
an.

»Sonst hätten Sie mich womöglich niemals
kennen gelernt, Madam«, lächelte er. »Mein
Name ist Lexfield. Gary Lexfield.« Er verstärk-
te den Druck seiner Hand etwas, und sie gab
ihm nach. »Ich halte mich für einen der besten
Tänzer Londons, und das sage ich Ihnen lieber
gleich, damit sie nicht auf die Idee kommen,
den nächsten Walzer einem der anderen Herren zu versprechen, die zweifellos nur auf eine
Gelegenheit warten.«

»Die meisten Herren sind in Begleitung, Mr.

Lexfield«, sagte Miss Velasquez. »Dies scheint ein Abend für Ehepaare zu sein.«

»Wenn Sir Arthur und seine Lady rufen, kommen die braven Leute der besseren Gesellschaft in Scharen, Madam. Es ist eher ein Zufall, dass wir uns hier treffen. Oft nehme ich Einladungen zu solchen Gala-Abenden nicht an.« Lexfield war jetzt in seinem Element. Er machte ihr Komplimente, erzählte ihr von London, streute immer wieder eigene Erlebnisse und Abenteuer aus aller Welt ein, und schon bald, nach einigen Tänzen, saßen sie zusammen an einem Tisch.

Gary Lexfield sah sich nicht getäuscht. Dolores Velasquez war eine sehr anziehende Dame, und ihr leicht gebrochenes Englisch erhöhte noch den Reiz der Unterhaltung. Sie schien über Mister Lexfields Bekanntschaft erfreut zu sein, denn sie befand sich allein in London, geschäftlich. Ihr Diener würde später nachkommen, erzählte sie ihm, und auf die Frage, welcher Natur denn ihre Geschäfte wären, lächelte sie ihr unergründliches Lächeln und sagte, dass ihr Vater in Brasilien Investitions-Pläne entwickelt hätte.

Gary Lexfield tanzte mehr als ein dutzendmal mit ihr und bat um die Erlaubnis, sie am nächsten Tag aufsuchen zu dürfen.

»Das geht leider nicht, Mr. Lexfield«, erwiderte sie. »Ich werde morgen schon in aller Frühe nach Seaton Deverel reisen, wo ich Freunde besuchen werde.«

Nun, da war nichts zu machen. Aber Gary Lexfield ließ die Gelegenheit nicht aus, sie für den nächsten Samstag zu einer Fahrt nach Wimbledon einzuladen, und zu seiner Freude sagte sie zu.

*

Als Inspektor Philander Dearborn mit einem Strauß weißer Astern, den im Übrigen wiederum Poiccart besorgt hatte, im Ambassador erschien, erklärte man ihm schon an der Rezeption, dass Miss Velasquez abgereist war.

»Abgereist?« Dearborn stand wie ein begossener Pudel in der Hotelhalle und starrte den Empfangschef ungläubig an. »Wissen Sie zufällig, ob Miss Velasquez nur das Hotel gewechselt hat oder ob sie in ihr Heimatland zurückgereist ist?«

»Ich bin leider nicht berechtigt, Ihnen derartige Auskünfte zu geben, mein Herr«, sagte der Empfangschef, aber da knallte ihm Dearborn den Blumenstrauß auf den Schaltertisch und zückte seinen Ausweis.

»Sie wurde heute Morgen hier von einem Herrn abgeholt«, beeilte sich der Empfangschef zu sagen.

»Von welchem Herrn?«

»Er hat seinen Namen nicht genannt, Sir.«

Philander Dearborn kniff seine Schlangenaugen etwas zusammen. »Hat er vielleicht so ausgesehen?«, fragte er und gab eine Beschreibung ab, die zwar auf Manfred passte, ihm aber keinesfalls schmeichelte.

»Nein, dieser Herr hat anders ausgesehen. Groß, schlank und blond. Tut mir sehr Leid, Inspektor.«

»Haben Sie gesehen, ob er mit dem Taxi vorfuhr oder mit einem Privatwagen?«

»Mit einem Rolls-Royce. Von einem Chauffeur gefahren, Sir.«

Dearborn seufzte, empfahl dem Empfangschef, die Astern bald ins Wasser zu stellen, und stürmte aus dem Hotel. In der Kneipe an der Ecke trank er einen Scotch, dann ging er in den Green Park, setzte sich auf eine Bank und schaute zu, wie eine alte Frau Spatzen fütterte und ein Mann seinem Fox Terrier an der ausgestreckten Hundeleine beim Kacken zuschaute, als gäbe es nichts interessanteres auf dieser Welt zu entdecken. Es war ein herrlicher Tag. Die Sonne schien, und die Luft war klar. Bunte

Herbstblätter tanzten im Wind. Philander Dearborn hatte keinen Blick dafür. Irgendwann stand er auf, ging zur nächsten Telefonkabine und versuchte, Manfred zu erreichen. Er kriegte Leon Gonsalez ans Telefon.

»Dolores ist ausgezogen«, knurrte er gereizt. »Von einer Minute auf die andere. Glauben Sie, dass ich versuchen sollte, ihren Aufenthaltsort ausfindig zu machen, Gonsalez?«

»Davon, mein Lieber, möchte ich Ihnen in aller Freundschaft abraten. Miss Velasquez hätte sich bestimmt gemeldet, wenn ihr an einem Fortbestand der Beziehung liegen würde.«

»Gonsalez, ich werde den Verdacht nicht los, dass Ihr Partner Manfred seine Finger im Spiel hat. Und sollte ich herausfinden, dass dem so ist, dann werde ich ihm persönlich eine Aufwartung machen, bei der er sich wünscht, er könnte sich unter der Bettdecke verkriechen. Ist das klar?«

»Vollkommen.«

»Also.« Dearborn schnaubte in den Telefonhörer. »Ein mieser Tag ist das heute. Mit dem Fall Roylance komme ich auch nicht weiter.«

»Machen Sie doch mal einen Herbsturlaub in Schottland, Dearborn. Das würde Ihnen bestimmt guttun.«

»Davon bin ich überzeugt«, gab Dearborn

zurück, wünschte Gonsalez ein schönes Wochenende und hängte auf. Er ging zurück zum Ambassador, kletterte in seinen Dienstwagen und fuhr ins Revier. Dort lag eine Nachricht, die Roos hinterlassen hatte. »Frank möchte in den Zoo«, stand auf einem Zettel. Dann eine Telefonnummer.

Frank war sein Sohn. Fünf Jahre alt. Natürlich wollte er in den Zoo gehen. Der wollte jeden Tag in den Zoo. Er rief an. Seine Ehefrau, von der er getrennt lebte, nahm ab.

»Hallo«, sagte sie.

»Hallo«, sagte er. »Was ist mit Frank?«

»Nichts ist mit Frank. Was soll mit Frank los sein?«

Dearborn seufzte und legte auf. Anscheinend hatte Frank wieder einmal heimlich telefoniert, um seine Mutter zu ärgern.

*

Selbstverständlich war Leon Gonsalez klar, wohin Miss Velasquez umgezogen war. Um Lexfield mit seinen eigenen Waffen zu schlagen, hatte sie die Suite im Ambassador mit einem Herrschaftshaus in Seaton Deverel vertauscht, dem ehrwürdigen Hanford-Haus.

Das Haus war vollkommen eingerichtet, seit

einem Jahr aber unbewohnt. Ein älteres Ehepaar sorgte dafür, dass die Möbel nicht verstaubten, die Fenster geputzt wurden und die Gartenanlage in Ordnung gehalten wurde.

Leon Gonsalez hatte Claro May zu diesem Haus verholfen. Ein Telefonanruf hatte genügt, und Claro May konnte am selben Tag einziehen. Sie wartete zwei Tage, bevor sie Lexfield anrief und ihm sagte, dass sie umgezogen war.

»Ist das eine Einladung, oder wollten Sie mir nur eine Fahrt in die Innenstadt ersparen?«, fragte er lachend zurück. »Seaton Deverel; das ist eine vornehme Gegend. Ich dachte auch schon daran, mich dort draußen niederzulassen, aber die Stadtwohnung ist mir doch geschäftlich von äußerst großem Nutzen.« Er hüstelte. »Außerdem habe ich schon einen Landsitz außerhalb Londons.« Sie schwieg, aber er konnte sie atmen hören. Sekunden verstrichen. »Wann sehen wir uns?«, fragte er dann mit leicht angerauter Stimme.

Sie lachte leise. »Wie abgemacht«, sagte sie. »Am Samstag. Ich freue mich auf Wimbledon.«

»Spielen Sie Tennis?«

»Nicht sehr gut. Meine Rückhand lässt zu wünschen übrig.«

»Gut. Sie brauchen einen Tennislehrer, und ich kenne den besten, den es gibt.«

»Gary Lexfield?«, fragte sie lachend.

»Erraten«, sagte er ernst. Wieder schwiegen beide. Er kannte das Spiel. Er kannte die Regeln, wusste, was passieren würde. Sie seufzte leise. »Also, dann«, sagte sie. »Wiedersehen.«

Aber sie hängte nicht auf. Fast eine Minute verging. Dann lachte sie. »Warum hängen Sie nicht auf?«

»Sie haben sich verabschiedet, nicht wahr?« gab er zurück.

»Ich dachte eigentlich, Sie wollten mir noch etwas sagen.«

»Well, eigentlich ...« er brach ab.

»Sagen Sie es!« forderte sie ihn auf.

»Es ist nichts Wichtiges.«

»Trotzdem.«

»Ich wünschte, wir könnten uns früher sehen.«

Sie schwieg und er grinste. Alles war genauso wie meistens. Ein Spiel mit uralten Regeln.

»Können wir uns nicht früher treffen?«, wiederholte er.

»Warum? Es ist Donnerstag. Wir sehen uns in zwei Tagen.«

»Zwei Tage sind eine Ewigkeit«, entgegnete er sanft.

Sie sagte nichts. Lange blieb es still.

»Wenn Sie es wollen, können wir uns in der

Stadt treffen«, schlug sie plötzlich vor.

»Im Cecil?«

»Um acht?«

»Um acht.«

»Abgemacht.«

»Abgemacht.«

»Dann legen Sie jetzt bitte auf ... Dolores.«

»Gut, ich lege jetzt auf.«

»Bitte.«

Sie hängte nicht auf. Er lachte, und sie lachte auch.

»Dann legen wir miteinander auf. Ich zähle bis drei.«

»Das ist ziemlich kindisch.«

»Ja, das stimmt. Trotzdem. Eins ... zwei ... drei ...«

Sie hängten beide nicht auf. Gary Lexfield grinste in sich hinein. Jetzt hatte er sie genau dort, wo er sie haben wollte. Und sie war ihm ausgeliefert, ohne dass es ihr bewusst war. Das glaubte er wenigstens, und er glaubte es, weil er sie nicht sehen konnte. Sie saß auf einem Polsterstuhl, die Beine übereinandergeschlagen, und blies leicht gegen die frischlackierten Nägel, während sie den Hörer zwischen Schulter und Kopf eingeklemmt hatte. Und Manfred kauerte beim Kamin und versuchte, ein Feuer zu entfachen. Manchmal blinzelte er herüber, und sie blinzelte zurück.

»Dolores?«

»Ja?«

»Bist du noch dran?«

»Ja.«

»Wenn das so weitergeht, verpassen wir unser Rendezvous.«

»Dann hängen wir jetzt auf ... Gary.«

»Ist das ein Versprechen?«

»Ja.«

»Gut.«

»Also. Wir legen miteinander auf. Eins ... zwei ... drei ...« Er legte auf, lehnte sich zufrieden zurück und verschränkte die Arme hinter dem Kopf. Es war alles so gelaufen, wie er es sich vorgestellt hatte, und sogar schneller.

Draußen im Hanford-Haus brannte endlich das Feuer, und Manfred setzte sich in den zweiten Polsterstuhl. »Hat er aufgelegt?«

Sie nickte. »Er hat angebissen.«

Manfred fuhr sich mit den gespreizten Fingern durch das Haar und seufzte. »Jeder würde anbeißen«, sagte er.

Sie lachte und ließ den Hörer herunterfallen.

»Gary Lexfield genügt mir, Mr. Manfred. Er glaubt, dass ich ihm auf den Leim gekrochen bin. Aber diesmal geht das Spiel anders aus, Mr. Lexfield. Ich bin nicht Elsa.«

Manfred wunderte sich über den scharfen Klang ihrer Stimme. Und ihr Gesicht änderte in diesem Moment den Ausdruck. Sie hasste Lexfield, und Manfred konnte das gut verstehen. Trotzdem machte sie sich bereit, um ihn noch heute Abend in London zu treffen. Es war ihr Spiel, Sie machte die Regeln. Und Lexfield hatte keine Ahnung, auf was er sich eingelassen hatte. Keinen Schimmer.

# 7. Kapitel
## Der Diamantenring

Eine Woche lang rannte Inspektor Dearborn Amok, dann hatte er herausgefunden, wo sich Miss Velasquez aufhielt und mit wem sie sich fast täglich traf. Er fuhr sofort in die Curzon Street und stürmte buchstäblich das kleine Haus, über dessen Eingangstür das Silberne Dreieck angebracht war.

Poiccart, immer darauf bedacht, die Etikette zu wahren, wurde von Dearborn fast über den Haufen gerannt, als er ihn mit einer Verbeugung zum Eintreten aufforderte.

»Manfred«, schnarrte der Inspektor. »Wo ist Manfred?«

Er hatte einen Ausdruck in seinen sonst so eiskalten Augen, als wäre er gewillt, die halbe Menschheit auszurotten.

»Darf ich Sie in den Salon geleiten?«, sagte Poiccart und versuchte, ruhig zu bleiben. »Mr. Manfred ist bei der Morgentoilette.«

»Es ist fast Mittag!«, stieß Dearborn hervor und stürmte die Treppe hinauf. Im Salon saß Leon Gonsalez und las im Daily Megaphon einen Bericht über die britische Finanzpolitik im Verhältnis zu derjenigen von Ländern auf dem europäischen Festland.

»Ziemlich trübe Zukunftsaussichten, wenn das mit der Wirtschaft so weitergeht«, sagte er, als Dearborn hereinstürzte. »Sagen Sie mal, lieber Kriminalinspektor, wenn die Regierung mit den Sparmaßnahmen so weitermacht, verlieren Sie vielleicht sogar ihre vermeintlich sichere Anstellung bei Scotland Yard.«

»Meinen Job wird mir sicher keiner nehmen, Gonsalez!« gab Dearborn zurück. »Solange das Verbrechen nicht ausstirbt, braucht man mich.«

Leon hob sein Glas Apfelsaft.

»Auf das Verbrechen«, sagte er lächelnd und trank. »Ausgezeichneter Apfelsaft, Dearborn. Frisch aus dem Fass. Den kann ich Ihnen nur empfehlen.«

»Ich bin wegen Manfred gekommen«, gab Dearborn grimmig zurück. »Ich habe ihn gewarnt, diesen … diesen …«

»Schürzenjäger?«, schlug Leon Gonsalez vor.

»Ja, genau. Ich habe diesem Schürzenjäger deutlich zu verstehen gegeben, dass er die Finger aus der Sache raushalten soll.«

»Aus welcher Sache?«, fragte Leon so harmlos wie möglich.

»Aus der Sache mit Dolores! Ich meine natürlich Miss Velasquez.«

»Was ist passiert?«

»Sie wissen genau, was passiert ist, Gonsalez. Ich sehe es Ihnen an. Ihre Augen verraten Sie.«

»Nun, ich weiß nur, dass Miss Velasquez umgezogen ist und damit einen Inspektor von Scotland Yard ziemlich verärgert hat.«

»Sie wohnt draußen in Seaton Deverel im alten Hanford-Haus. Und ich ließ mir sagen, dass Sie ihr dazu verholfen haben, Gonsalez.«

»Well, ich dachte, ich könnte ihr ein bisschen behilflich sein, zumal sie hier in London fremd ist und sich auf dem Immobilienmarkt nicht gut auskennt.«

Dearborn schüttelte den Kopf. »Sie sollten lieber nicht versuchen, mir etwas vorzumachen«, sagte er hart. »Ich weiß Bescheid. Ich weiß, dass die Hintergründe für diesen Umzug andere sind, als man vorgibt. Deshalb frage ich nicht einmal, warum Miss Velasquez umgezogen ist.«

»Sie liebt die Landschaft dort draußen«, sagte Manfred von der Tür her. Frisch rasiert, das Haar sorgfältig gescheitelt und mit Brillantine zum Glänzen gebracht, war er aus seinem Zimmer gekommen und hatte die letzten Worte des Inspektors gehört. »Dolores ist kein Stadtmensch, Inspektor.«

Dearborn fuhr herum und starrte Manfred mit gebleckten Zähnen an. »Und wie wollen Sie mir erklären, dass eine Dame von ihrem Rang Gefallen an einem windigen Hochstapler wie Gary Lexfield gefunden hat? Nein, Manfred, sparen Sie sich den Atem. Sagen Sie mir lieber, worum es geht, sonst ...«

»Sonst?« unterbrach ihn Manfred lächelnd.

»Sonst lasse ich Lexfield festnehmen«, fuhr Inspektor Dearborn kühl fort. Manfred wurde sichtbar blass, und für einen Moment wich er dem Blick der kleinen Augen des Inspektors aus. Dann lachte er auf.

»Na, wer will denn unbedingt ein Spielverderber sein, Inspektor.« Er kam von der Tür herüber. »Trinken Sie einen Apfelsaft mit?«

»Nein!«

»Oh. Nun, da Sie schon herausgekriegt haben, wem Miss Velasquez' Interesse gilt, werde ich nicht länger zögern, Sie über diesen Fall aufzuklären.«

Voller Misstrauen nahm Dearborn auf dem Chesterfield Platz. »Das ist vernünftig, mein Freund«, sagte er. »Und lassen Sie sich gesagt sein, wenn ich Sie bei einer Lüge ertappe, werden Sie wünschen, mir niemals begegnet zu sein.«

Manfred hob die Brauen und blickte Leon vielsagend an. Dieser grinste breit über den Zeitungsrand hinweg. Wenn es um Kriminal-

Oberinspektor ging, waren sie meistens einer Meinung.

*

Gary Lexfield war ein viel zu erfahrener Mann, um nicht bemerkt zu haben, dass die Polizei ihn beobachtete. Aber seine Verbrechen gehörten zu jenen, die sich in den seltensten Fällen nachweisen lassen. Seine angenehmen Manieren, seine Beziehungen in London, seine Mitgliedschaft bei mehreren exklusiven Clubs in der Stadt und die Furcht der Leute aus der besseren Gesellschaft vor peinlichen Enthüllungen, falls Lexfield in die Enge getrieben würde, verhalfen ihm zu einem Freiraum, in dem er sich geradezu völlig frei und ungeniert entfalten konnte.

Trotzdem schien es ihm, als hätte man es diesmal richtig auf ihn abgesehen. Er hatte nämlich herausgefunden, dass der Mann, der sich als sein Nachbar ausgegeben hatte, George Henry, eben nicht in der von ihm angegebenen Adresse wohnte. Lexfield hielt ihn deshalb für einen Beamten von Scotland Yard, zumal er sich laufend beobachtet fühlte. Er fing an krampfhaft nach einem Fehler in seiner Vergangenheit zu suchen, für den man ihn hier in

England hätte hochnehmen können, fand aber keinen. Sein Pass war in Ordnung. Seine Steuern bezahlt. Seine Adresse war respektabel.

Grundsätzlich hatte er nichts zu befürchten, es sei denn, irgendetwas stimmte draußen in Maple Hill nicht. Dieser Gedanke machte ihn unruhig. War denn den Leuten vom Dorf irgendetwas aufgefallen? Hatten sie Verdacht geschöpft? Oder war vielleicht Monk ein Fehler unterlaufen? Monk!

Es gab kein Telefon dort draußen. Die einzige Möglichkeit, sich mit Monk in Verbindung zu setzen, war, nach Maple Hill hinauszufahren. Aber Gary Lexfield hatte an diesem Tag eine äußerst wichtige Verabredung. Er wollte sich zum Mittagessen mit Dolores Velasquez treffen, um gemeinsame geschäftliche Pläne zu besprechen. Seit einigen Tagen hatte er alles systematisch vorbereitet. Er hatte ganz sachte angefangen, Dolores über ihre finanziellen Verhältnisse auszufragen, und auch ohne dass sie Verdacht schöpfte, gab sie ihm immer bereitwilliger Auskunft. Sie war reich. Ihre Familie zumindest schien über ein riesiges Vermögen zu verfügen, von dem Dolores einen Teil hier in England investieren sollte. Sie war so lange vorsichtig in ihren Äußerungen, bis er ihr Vertrauen gewonnen hatte. Und jetzt noch hatte sie Bedenken, sich privat und geschäftlich mit ihm zusammenzutun. Diese Bedenken wollte er heute aus dem Weg räumen.

Aber der Gedanke, dass draußen in Maple Hill etwas nicht stimmte, ließ ihn nicht mehr zur Ruhe kommen. Deshalb rief er Dolores kurz vor zehn Uhr am Morgen an. Vielleicht war es sogar besser, wenn er den Termin auf morgen verlegte. Dies würde ihr zeigen, dass er gründlich überlegte, ehe er sein »eigenes Vermögen« investierte.

Es war nicht Dolores, die abhob.

Eine näselnde Stimme mit hartem Akzent meldete sich. »Velasquez-Residenz, Walter am Apparat.«

»Walter?«, fragte Lexfield überrascht.

»Der Diener, Sir«, sagte Walter. »Ich bin gestern Abend hier angekommen.«

»Aber selbstverständlich, Madam hat mir gesagt, dass sie Sie erwartet.« Lexfield lachte. »Na, willkommen in Großbritannien, mein Lieber. Ich bin Gary Lexfield.«

»Erfreut«, sagte die Stimme kühl.

»Well, Walter, verbinden Sie mich bitte mit Madam. Es ist dringend.«

»Sehr wohl, Sir.«

Es klickte in der Leitung. Dann meldete sich Dolores. Ihre Stimme war erfrischend. »Mein lieber Gary, wir sehen uns doch am Mittag, nicht wahr«, sagte sie.

»Deswegen rufe ich dich an, mein Liebling«, antwortete er.

»Es ist doch nicht etwas dazwischengekommen?«

»Nichts Schlimmes, und doch erfordert es die Sachlage, dass ich mich persönlich darum kümmere. Eine Angelegenheit, die keinen Aufschub duldet. Das tut mir zwar sehr leid, und ich hoffe, du bist mir nicht böse, wenn wir unser Rendezvous auf morgen Mittag verschieben?«

»Ein bisschen enttäuscht bin ich schon, Gary«, sagte sie. »Ich bin schon dabei, mich herzurichten.«

»Dann fahr doch bitte in die Stadt und vertreibe dir die Zeit mit einem Einkaufsbummel. Die neue Herbstmode ist bezaubernd.«

»Das ist eine hervorragende Idee, Gary«, sagte sie. »Vielleicht werde ich mir dies oder das kaufen. Und vielleicht finde ich auch etwas für dich, mein Guter.«

Gary lachte sich ins Fäustchen. Sollte sie nur von ihrem Geld ausgeben, es war ja genug davon vorhanden. Er versprach ihr, am Abend noch einmal anzurufen. Danach dauerte das alte Spiel mit dem Auflegen und Nichtauflegen wieder über fünf Minuten, aber schließlich war Gary Lexfield mehr denn je davon überzeugt, dass ihm Dolores Velasquez schon jetzt auf Gedeih und Verderb ergeben war.

*

Monk hockte auf einem der Steinsärge. Zwei Wochen waren vergangen, seit ihm sein Herr den Auftrag gegeben hatte, Elsa Monarty umzubringen. Zwei lange, quälende Wochen.

Monk hatte kaum etwas gegessen. Er fühlte sich elend und schwach. Manchmal schien es, als ob in seinem Kopf alles durcheinandergehen würde bis er kaum mehr wusste, wer er war und wo er sich befand. In einem solchen Zustand blieb ihm nichts anderes übrig, als in den hintersten Winkel der Gruft zu kriechen, dort, wo Kettenringe in die Mauer eingepflastert waren.

Hier machte er sich so klein er nur konnte, und jedes Mal, wenn er die Stimme hörte, fuhr er noch mehr zusammen.

Die Stimme kam aus einem Loch im Boden, das mit einer Falltür verschlossen war, und es war die Stimme einer Toten.

Monk hockte auf dem Steinsarg. Er fühlte sich etwas besser an diesem Morgen. Die Gedanken in seinem Kopf wirbelten nicht durcheinander. Deshalb hörte er das Motorengeräusch, lange bevor das Auto unten am Fuße des Maple Hill über die schmale Holzbrücke fuhr.

Monk beeilte sich, nach oben zu kommen.

Alle Fensterläden waren zu. Nirgendwo brannte ein Licht. Er stellte sich auf den Schemel unter einem der kleinen runden Fenster im Hausflur. Das Auto, das die schmale Straße hochkam, war ein Rolls-Royce.

Monk regte sich auf. Er sprang vom Schemel und fing an, die Fensterläden aufzumachen. In der Halle zündete er das Licht an, und dann öffnete er die beiden großen Türflügel, um die Sonne und die frische Herbstluft hereinzulassen. Vor der Tür stand eine Kiste mit Lebensmitteln. Der Händler im Dorf brachte einmal die Woche immer die gleichen Lebensmittel herauf. Gedörrte Erbsen, Büchsengemüse, gepökelter Speck, Kartoffeln, zwei Kastenbrote, doppelt gebacken.

Monk kam nicht mehr dazu, die Kiste in die Küche zu schleppen. Fast geräuschlos, so dass Monk erst auf ihn aufmerksam wurde als dieser schon beinahe zum Stillstand kam, glitt der Rolls-Royce über den Platz und hielt schließlich vor dem Portal. Gary Lexfield stieg aus. Er war sportlich gekleidet, in Tennishose und Sporthemd, mit einem weißen, ärmellosen Pullover und einer beigen Schildmütze. Außerdem trug er eine dunkle Sonnenbrille.

»Hallo, mein lieber Freund, habe ich dich aus deiner Ruhe gestört?«, erkundigte sich Gary Lexfield und sah sich schnell nach irgendetwas Verdächtigem um. Aber alles war so wie sonst, die Maulbeerhecke getrimmt, die Herbstblätter auf dem Rasen zu zwei großen Haufen zusammengerecht.

»Komm, ich trage dir die Kiste in die Küche«, sagte Lexfield und nahm Monk die Kiste ab. In der Küche war alles sorgfältig aufgeräumt, und es roch eigentlich nach gar nichts.

»Sag mal, isst du denn überhaupt nichts, Monk? Du siehst nicht gerade gut aus, mein Lieber.«

Monk duckte sich. Er fühlte sich bestimmt nicht besser, als er aussah. Aber er sagte seinem Herrn nichts davon. Er sagte ihm nichts von der Gruft und der Falltür, nichts von seinem Durcheinander im Kopf und von der Stimme der Toten.

»Komm, wir machen uns jetzt was zum Mittagessen«, schlug Lexfield vor. »Hier, Büchsenbohnen, Kartoffeln und Speck. Ist das was oder nicht?«, er lachte und legte Monk kameradschaftlich einen Arm über den buckligen

Rücken. »Sag mal, ist in den letzten vierzehn Tagen hier irgendetwas Außergewöhnliches passiert?«

Monk schüttelte den Kopf. Das eine Auge starrte zu Boden.

»Ist denn nie jemand vorbeigekommen?«, hakte Lexfield nach.

Wieder verneinte Monk. Er wandte sich von Gary Lexfield ab und begann die Lebensmittel einzuräumen. Und während Lexfield auf dem Fensterbrett Platz nahm, beobachtete er Monk. Monk blickte nie auf.

»Ist was, Monk?«, fragte Lexfield nach einer Weile. »Ist was passiert?«

Monk zuckte zusammen, als hätte er nach ihm geschlagen.

»Nein«, sagte er nach kurzem Zögern. »Nein! Nein! Nein!«

»Es genügt, wenn du einmal nein sagst, Monk.«

»Nein.«

»Gut.«

Lexfield zündete eine Zigarette an. Er ließ dabei Monk nicht aus den Augen, beobachtete ihn bei seiner Arbeit und dieser schien es nicht einmal zu bemerkten. Er war nicht nur seiner Gestalt wegen ein merkwürdiger Mensch, er war vom Wesen her offenbar so verquer, dass

Gary Lexfield meinte, Monk sei vielleicht ein Mensch, der sich ins sich zurückgezogen hatte und sich gar niemandem mehr mitteilen wollte. Ein Eremit in sich selbst, allein mit seinen Gefühlen, falls er denn wirklich welche hatte.

»Hast du meinen Auftrag erledigt?«, fragte er plötzlich mit Schärfe.

Monk fuhr herum. Das eine Auge zwischen den knorpeligen Wülsten blitzte auf.

»Ja!«, stieß er hervor. »Ja! Ja! Ja!«

»Es genügt, wenn du einmal ja sagst, Monk!« ermahnte ihn Lexfield. »Hast du die Frau umgebracht?«

»Ja!«

»Und verschwinden lassen?«

»Ja.«

»Hast du den Ring?«

Monk nickte. Aufgeregt kramte er in seiner Tasche herum und brachte den Ring zum Vorschein, den er heimlich Elsa Monarty abgenommen hatte. Das grelle Sonnenlicht, das durch das Küchenfenster fiel, entflammte den Diamanten, als Monk seinem Herrn den Ring entgegenstreckte.

Lexfield langte mit spitzen Fingern danach, hob ihn hoch und ließ sich vom Feuer des Diamanten blenden. »Ein herrliches Stück«, schwärmte er. »Dolores wird sich sehr darüber freuen, Monk.«

Monk hob neugierig den Kopf.

»Okay, mein Lieber, Dolores Velasquez hat mein Herz entflammt. Sie ist eine wunderbare und sehr reiche Frau! Außerdem kommt sie aus Brasilien.« Lexfield steckte sich den Ring an den kleinen Finger und betrachtete ihn von allen Seiten. »Bald werde ich meine Geliebte hierher bringen, Monk.«

Monk blickte nicht einmal auf und arbeitete unverdrossen weiter.

»Vor ihr brauchst du dich nicht zu fürchten, mein Lieber. Lange wird sie bestimmt nicht bleiben. Man erwartet sie zu Hause in Brasilien. Weißt du, wo Brasilien ist, Monk?«

»In Südamerika.«

Lexfield entfernte sich vom Fenster. Plötzlich packte er Monk an den Schultern. »Was hast du mit ihr gemacht?« brüllte er ihn an.

»Vergraben!«, stieß Monk hervor. »Im Park.«

»Zeig mir den Platz!« Lexfield zerrte Monk herum und stieß ihn auf die Tür zu. Als er ihn losließ, humpelte Monk krumm auf den Krückstock gestützt aus dem Haus. Lexfield folgte ihm hinaus in den Park, und dort, unter einer alten Blutbuche, wo die Herbstblätter einen dicken Teppich bildeten, zeigte er auf den Boden.

Lexfield blickte sich schnell um. Man konnte nie wissen, ob nicht doch jemand in der Nähe war. Dann ließ er sich auf die Knie nieder und befreite den Boden an einer Stelle von den Blättern. Die Erde darunter war tatsächlich locker. Lexfield blickte auf. »Hier?«, fragte er noch einmal.

Monk nickte, wagte es aber nicht, seinen Herrn anzusehen.

*

Es hatte viel Überredungskunst gebraucht, bis Madame Velasquez einwilligte, bei ihm zu speisen. Mit einer plötzlichen Wachsamkeit, die beinahe an Misstrauen grenzte, hatte sie ihn gebeten, sie mit seinen Eltern bekannt zu machen. Lexfield, der ihr erklärt hatte, seine Eltern wohnten auf einem Landsitz außerhalb Londons, sah sich für einen Augenblick in die Enge getrieben, fand dann aber sofort eine Ausrede.

»Vater und Mutter befinden sich geschäftlich in Norditalien«, sagte er. »Aber wenn du willst, können wir rausfahren nach Maple Hill.«

»Ist das das Haus deiner Eltern?«

Er nickte. »Ja und nein. Meine Eltern haben eigentlich ein Schloss in Wales zu ihrem

Hauptwohnsitz gemacht und mir das Haus auf dem Maple Hill frühzeitig vererbt. Habe ich dir denn nie davon erzählt? Wie nachlässig von mir.« Er legte einen Arm um sie und hauchte einen Kuss auf ihre Schläfen. »Dafür habe ich dir heute etwas ganz Besonderes mitgebracht, mein Liebling.«

Sie sah ihn von der Seite neugierig an. Und er trat etwas zurück. Jetzt war der Moment gekommen, sie zu überraschen. Jetzt konnte er ein für alle Mal den Bann brechen.

Er griff in die Tasche seiner Weste.

»Würde es dir etwas ausmachen, die Augen zu schließen, mein Liebling?«, fragte er.

»Gary! Wir benehmen uns fast wie Kinder«, sagte sie, machte aber die Augen zu.

»Dann gib mir doch bitte deine linke Hand«, befahl er.

Sie zögerte. Nicht sehr lange. Sie trug einen Ring am Ringfinger. Er nahm ihn ihr ab. »Bitte, vertraue mir«, lachte er. »Ich will dich nicht bestehlen.«

»Wann kann ich die Augen aufmachen?«

»Bald.« Sanft steckte er ihr den Diamantring über den Finger. Er passte haargenau. Lächelnd trat er zurück und ließ ihre Hand los.

»Jetzt«, sagte er.

Sie schlug ihre Augen auf. Ihr Mund öffnete

sich, aber kein Laut kam über ihre Lippen. Ungläubig sah sie auf ihre Hand nieder. Sie drehte die Hand langsam. Der Diamant wechselte funkelnd die Farbe. Lexfield hörte, wie sie tief Luft holte. Dann hob sie jäh den Kopf. »Gary, wie konntest du nur ...« Weiter sprach sie nicht mehr, denn er umarmte sie und küsste sie. Innerlich triumphierte er. Wie oft hatte er es jetzt schon erlebt, dass sich ihm eine Frau für einen hochkarätigen Edelstein verkaufte. Es schien, als ob das Glitzern und Strahlen eines echten Diamanten direkt für das Aussetzen des weiblichen Verstandes verantwortlich war. So, als ob ein Edelstein Impulse ausstrahlte, welche absolut gesunde Gehirnzellen zerstörten. Dieser ausgefallene Gedanke brachte Lexfield zum Schmunzeln. Dolores war nicht anders als die anderen, die er kennengelernt hatte. Wunderschön, aufregend, begierig nach Reichtum, Kleidern und Schmuck verfallen. Er nahm sich vor, diese, wie er annahm, typisch weiblichen Schwächen rigoros auszunützen. Wie konnte er wissen, dass die Frau in seinen Armen eine andere war als die, die er sich vorstellte. Wie konnte er wissen, dass sich ihr Herz verkrampfte, während er sie an sich drückte, wie ihr fast die Tränen kamen über die plötzliche Gewissheit, dass Elsa Monarty tot war.

Sie hatte den Ring sofort erkannt, als sie die Augen öffnete. Manfred hatte ihn ihr beschrieben. Es war Elsas Ring. Gary Lexfield hatte ihn in Zürich für sie gekauft, wahrscheinlich als Verlobungsgeschenk. Und jetzt trug sie ihn ...

»Bist du glücklich?«, fragte er sie.

Sie nickte, und ihre schönen Augen füllten sich mit Tränen, die sie nicht mehr zurückhalten konnte. Sie musste sich zusammenreißen. Sie musste weitermachen und versuchen, diesem Mann für immer das Handwerk zu legen. Sie musste ihm den Mord an Elsa nachweisen, so dass man ihn hier in London vor Gericht stellen und verurteilen konnte.

Sie verabredete sich mit ihm zum Dinner. »Gib mir nur einige Stunden, damit ich in aller Ruhe über das alles nachdenken kann«, sagte sie leise und trocknete sich mit einem Spitzentüchlein die Tränen von den Wangen, die er für Tränen der Freude und des Glücks hielt. »Es ist doch ein ernster Schritt, den wir vorhaben, Gary«, sagte sie und senkte ihren Kopf. »Ja, ich habe dich natürlich sehr lieb, fürchte aber immer - ich kann mir nicht helfen -, dass die Männer vor allem auf mein Geld aus sind.«

»Aber, mein Liebling«, rief er aufgebracht.

»Ich brauche doch dein Geld nicht. Du hast ja meine Bankauszüge gesehen, nicht wahr? Aber ganz abgesehen von meinen Immobilien, habe ich momentan neunzehntausend Pfund flüssig auf meinem Geschäftskonto.«

Mit leisem Achselzucken wehrte sie diese Worte ab, und Gary Lexfield wurde etwas ungeduldig, da er Dolores trotz allem doch nicht richtig im Griff zu haben schien. Er schob jedoch alle Bedenken beiseite, indem er den ständigen Stimmungswechsel ihrem südländischen Temperament zuschrieb.

\*

Sie traf sich mit Manfred in der Curzon Street. Im kleinen Haus herrschte Begräbnisstimmung, nachdem Claro May den Ring vorgezeigt hatte, den ihr Lexfield geschenkt hatte.

»Es kann nur der Ring sein, den Lexfield in Zürich gekauft und Elsa gegeben hat«, bestätigte Manfred düster, nachdem er sich den Ring genau angesehen hatte. Er hob den Kopf, und fast sah es so aus, als suchte er bei seinen beiden Partnern um Hilfe.

»Es könnte gut sein, dass er ihr den Ring weggenommen hat, bevor er sich von ihr trennte«, sagte Leon. »Dass er den Ring hatte, beweist noch lange nicht, dass Elsa tot ist.«

»Niemand hat auch nur ein Lebenszeichen von ihr vernommen«, widersprach ihm Claro May. »Nein, Leon, ich kenne ihn jetzt gut genug. Er ist ein verkommenes Subjekt, ein zügelloser Mensch, der seinen schlimmsten Trieben ergeben ist. Ich weiß zwar nicht, aus welchen Gründen er es sich zu seinem Lebens- ziel gemacht hat, Frauen zu seinen Opfern zu machen, aber ich bin ziemlich sicher, dass es eine Veranlagung ist, die nur psychologisch ergründet werden kann.«

Poiccart räusperte sich. Seit Claro May im Haus war, hatte er noch kein Wort gesagt. Jetzt wandte er sich direkt an sie. »Dann halten Sie ihn für fähig, jemanden kaltblütig umzubringen, Madam?«

»Wenn er dies für notwendig hält, um seine Ziele zu verfolgen, würde er, glaube ich, nicht davor zurückschrecken.«

»Das trifft sicher auch zu, wenn er sich in die Enge getrieben fühlt, nehme ich an«, sagte Poiccart nachdenklich. »Er muss von einer schlimmen inneren Angst beseelt sein, dieser - Mensch.«

»Angst wovor?«, fragte Manfred.

»Angst davor, zu versagen. Angst davor,

nicht perfekt genug zu sein. Ich müsste ihn kennenlernen, um genau festzustellen, was es ist, aber ich könnte mir vorstellen, dass es mit seiner Erziehung zusammenhängt, mit seinen Erlebnissen als Kind ... mit seinen Eltern.«

»Alles Argumente, die für die Taten eines erwachsenen Menschen eben nicht als Ausrede gelten sollten«, sagte Leon kühl. »Nicht für die Guten und schon gar nicht für die Schlechten.«

»Wir müssen ihn so schnell wie möglich aus dem Verkehr ziehen. Dieses üble Spiel dauert mir zu lange.« Manfred erhob sich und ging zum Fenster. Vom Haus nebenan winkte Mrs. Tripplestick herüber. Sie hatte Mr. Smith auf dem Arm.

Manfred winkte nicht zurück, drehte dem Fenster den Rücken zu und fragte Claro May, was sie als nächstes vorhätte.

»Wir treffen uns zum Dinner«, sagte sie.

»Dann bedenke, dass du dich in Gefahr begibst«, warnte er. »Es ist gut möglich, dass er inzwischen höchst misstrauisch geworden ist. Dearborn hat ihn beobachten lassen.«

»Das können wir ausnützen«, sagte Leon.

»Wie?«, fragte Claro May.

»Indem du ihm einfach sagst, dass sich einer von uns an dich gewandt hat, um dich zu warnen. Dadurch wird er die Angelegenheit beschleunigen wollen, und das wiederum bedeutet, dass du auf von jetzt an besonders auf der Hut sein musst.«

Claro May lächelte.

»Gut«, sagte sie. »Ich werde zum Dinner Walter mitnehmen.«

»Den Messerhelden?«

»Er ist sehr zuverlässig, Manfred«, lächelte sie. »Von jetzt an wird sich Mr. Gary Lexfield in acht nehmen müssen.«

Claro May blieb nicht mehr lange im kleinen Haus an der Curzon Street. Nachdem sie sich alle einig waren, dass Gary Lexfield höchstens noch ein paar wenige Tage auf freiem Fuß bleiben durfte, verließ sie die drei und fuhr zum Hanford-Haus hinaus, wo sie von Walter erwartet wurde.

# 8. Kapitel
## Die Transaktion

Zum größten Ärger von Gary Lexfield erschien Dolores in Begleitung eines kümmerlich aussehenden Mannes zum Dinner, den sie als ihren persönlichen Diener Walter vorstellte.

Walter war Rumäne, untersetzt, drahtig, mit einem ausdruckslosen Frettchengesicht. Gary Lexfield konnte ihn auf Anhieb überhaupt nicht ausstehen, ließ sich jedoch nichts anmerken. Im Gegenteil, er begrüßte den Diener nahezu freundschaftlich, gab ihm einen Klaps auf die Schulter und lud ihn zu einem Cocktail an der Bar ein. Walter lehnte höflich, aber bestimmt ab, wobei sich in seinem blassen Gesicht nicht die geringste Regung zeigte.

Im Verlauf des Dinners sprach Walter kein Wort. Er aß wenig, rührte sich kaum und schien überhaupt nicht vorhanden zu sein. Obwohl die verschlossene Art des persönlichen Dieners von Dolores nicht wirklich störte, entwickelte Lexfield eine derartige Abneigung gegen ihn, dass ihm allein seine Anwesenheit am Tische den Appetit verdarb.

Nach dem Essen, als sie in seinem überreich geschmückten Salon des Hauses in der Jermyn Street saßen, erzählte sie ihm eine Neuigkeit, die ihn den Ärger über das Verhalten ihres Begleiters vergessen ließ.

Sie begann ganz harmlos. »Ich habe heute einen so netten Mann kennengelernt - er suchte mich in meiner Villa auf.«

»Sicherlich war er nicht nur nett, sondern auch sehr vom Glück begünstigt, dich kennenzulernen«, lächelte Gary Lexfield, der sich im Augenblick allerdings gar nicht wohl fühlte.

Sie hob den Blick. Irgendetwas in ihren Augen störte ihn, erregte sein Misstrauen und ließ ihn zum ersten Mal daran denken, dass er sie von Monk in aller Heimlichkeit umbringen lassen würde, sobald die Zeit dazu gekommen war.

»Wir redeten über alles Mögliche, Gary. Er war sehr intelligent und wusste über vieles Bescheid.« Sie hob ihre Tasse zum Mund und trank einen Schluck. »Dann kam er auf dich zu sprechen«, sagte sie.

Gary Lexfield wurde wachsam. In England war er bestimmt kein Unbekannter, aber kaum jemand wusste so gut über ihn Bescheid, um viel über ihn reden zu können. Außerdem hatten sie doch alle viele Reservationen, öffentlich zuzugeben, dass sie ihn kannten.

»Viel habe ich dir nicht verschwiegen, meine Liebe«, sagte er deshalb. »Ich nehme an, der

Mann hat dir nichts Gutes erzählt. Weißt du, in dieser Stadt gibt es viele, die mich um meine Lebensart beneiden.«

»Der Mann hätte dazu kaum einen Grund«, entgegnete sie. »Nun, wer war er denn?«, fragte er mit gespielter Gelassenheit.

»Er sprach akzentfreies Spanisch und hatte ein so entzückendes Lächeln. Und die humorvollen Geschichten die er mir erzählt hat, mit denen er mir mich zum Lachen brachte.«

»War er vielleicht Brasilianer?«

Sie schüttelte den Kopf.

»In Brasilien sprechen wir portugiesisch«, sagte sie. »Nein, Gary, er hieß Señor Gonsalez und ...«

»Gonsalez?« entfuhr es Gary Lexfield. »Doch nicht etwa Leon Gonsalez? Einer der verd ...« Er unterbrach sich, merkte, dass er die Beherrschung verloren hatte, und fasste sich. »Leon Gonsalez vom Silbernen Dreieck?«

Sie zog die Augenbrauen in die Höhe.

»Du kennst ihn und seine Partner also?«

Er lachte. »Wer kennt sie nicht, diese drei windigen Burschen. Es gab Zeiten, da waren die Zeitungen voll mit Berichten über sie und ihre Verbrechen. Damals nannten sie sich noch die Gerechten, und soviel ich weiß, waren es zuerst vier. Dann wurde einer von ihnen umgebracht. Das Gesetz war lange hinter ihnen her. Im Namen der Gerechtigkeit verfolgten sie ihre eigenen Rachepläne. Der Krieg brachte ihnen dann Generalpardon für alle ihre bekannten und unbekannten Taten. Soviel ich weiß, mussten sie vor Gericht die eidesstattliche Erklärung abgeben, das Gesetz künftig genau zu befolgen. Ich glaube, es war Leon Gonsalez, der für sich und auch für seine beiden Gefährten die Zusicherung dieser Erklärung unterschrieben hat. Ich war damals in Australien und weiß deshalb nur sehr wenig darüber, erinnere mich jedoch, dass selbst in den Tageszeitungen von Melbourne davon berichtet wurde.«

»Dann sind Leon Gonsalez und seine Partner nun ehrenwerte Leute?«

»Vor dem Gesetz wahrscheinlich schon, aber Verbrecher sind sie trotzdem geblieben, meine Liebe. Man hätte sie schon damals dem Henker ausliefern sollen. Glaubst du, dass sich ihre Geschäftspraktiken gebessert haben? Nein, sie schrecken vor gar nichts zurück. Man munkelt, jedoch, dass sie Freunde in der Regierung und in der Londoner Unterwelt haben. Hast du schon einmal etwas vom Gelben Drachen gehört?«

»Nein. Wie sollte ich. Ich bin noch nicht lange hier, Gary!«

»Der Gelbe Drache ist so etwas ähnliches wie die Mafia. Nur besteht er aus Asiaten. Chinesen hauptsächlich. Eine Verbrecherorganisation, mit der Scotland Yard nicht fertig wird. Man nimmt an, dass der Gelbe Drache sogar die Regierung und die Polizeibehörde infiltriert hat. Und ich könnte mir ohne weiteres denken, dass das Silberne Dreieck enge Beziehungen zum Gelben Drachen unterhält.«

»Davon hat Mr. Gonsalez natürlich nichts gesagt, Gary!«

»Aber über mich geredet hat er!« Lexfield stellte theatralisch Wut und Enttäuschung zur Schau. »Unglaublich! Eine große Unverschämtheit, dass er dich aufsucht und dir Niederträchtigkeiten über mich erzählt. Wie konnte es ihm nur gelingen, dir Vertrauen einzuflößen ...« Lexfield nahm seine Tasse auf, grinste Walter an und trank. Für einige Sekunden blieb es still, dann stellte er die Tasse hart auf den Unterteller zurück und holte tief Luft.

»Die Unwahrheiten, die er Dir über mich erzählt hat, überraschen mich nicht, Dolores. Im Gegenteil, sie sind mir Beweis genug für ihre gezielte Niederträchtigkeit mir gegenüber. Die Wahrheit ist nämlich, dass ich seit Jahren einer ihrer schärfsten Gegner bin und daraus auch öffentlich keinen Hehl mache. Das Silberne Dreieck versucht natürlich, mich irgendwie aus dem Weg zu schaffen, sei es mit Verleumdung, sei es mit den schlimmsten Drohungen.« Gary Lexfield fuhr mit der wunderbar erlogenen Geschichte fort, wie er das erste Mal den »Drei Gerechten« einen Strich durch die Rechnung gemacht hatte. Dolores lauschte seinen Worten gespannt.

»Wie schrecklich interessant«, sagte sie schließlich. »Aber Leon Gonsalez sagte weiter nichts, als dass du ein schlechter Mensch wärest und nur mein Geld wolltest und dass du - wie sagt man doch gleich -, dass du keinen sehr guten Leumund hättest. Zuerst war ich wirklich verärgert, weil er mir auch erzählte, du hättest eine Frau, mit der du seit vielen Jahren verheiratet bist. Aber ich weiß, das kann nicht wahr sein; du könntest mich doch nicht so demütigen, nicht wahr.«

»Sieht diese Wohnung danach aus, als ob ich verheiratet wäre? Schau dich doch um!« Gary Lexfield lachte. »Es ist eine Junggesellenwohnung, aber ihm ist keine Mühe zu viel, dir Lügen aufzutischen, meine Liebe, aber ich sehe keinen großen Sinn darin, dich weiterhin belehren zu wollen.«

»Morgen will er nochmals kommen, Gary«, sagte sie leichthin und lachte. »Solange ich mich nicht ärgerte, hat er mir wirklich Spaß gemacht. Wenn wir uns morgen zum Dinner treffen wollen, kann ich dir sagen, was er mir alles erzählt hat.«

Gary Lexfield war verärgert. Ausgerechnet das Silberne Dreieck interessierte sich für ihn. Der Mann mit dem Zwergschnauzer fiel ihm ein. Und Henry George. Das konnte nur George Manfred gewesen sein. Und wie hieß der andere noch? Raymond Poiccart. Vor dem musste man sich besonders in Acht nehmen, hieß es, weil er es verstand, sich wie ein Butler zu geben, immer korrekt und freundlich, so dass es einem leicht fiel, ihn unterschätzen.

Lexfield wechselte das Thema und zeigte sich - trotz der Anwesenheit Walters - als der glühendste und zärtlichste Verehrer, den sich eine Frau nur wünschen konnte. Alle seine Verführungskünste mussten herhalten, denn es ging um einen hohen Preis.

Sein erstes Ziel waren die vierzigtausend Pfund, die Miss Velasquez als Dividendenzahlung erhalten hatte. In Geldangelegenheiten hatte sie bis jetzt eine gewisse Hilflosigkeit zur Schau gestellt, die aber Lexfield nicht ganz echt zu sein schien. Er selbst hatte natürlich gelernt, fließend und in absolut überzeugender Weise über Geldgeschäfte und die Börse zu sprechen. Spekulationen waren schließlich seit langem seine Lieblingsbeschäftigungen, aber zugleich auch sein beständigstes Leiden. Für ihn war das ganze Leben ein Spiel, und so machte es ihm nichts aus, leicht verdientes Geld auch mit leichter Hand wieder auszugeben.

Nach dem Kaffee und nach einem angeregten Gespräch über Ländereien in Brasilien, die er im Winter gern mit ihr besichtigen wollte, erklärte Lexfield, dass er in der Stadt noch etwas zu erledigen hätte.

»Ich werde nicht tatenlos zusehen, wie man unser Glück zerstört«, sagte er.

»Was willst du tun?«, fragte sie ihn und erhob sich.

»Nun, ich habe einflussreiche Freunde in dieser Stadt«, sagte er lächelnd und legte einen Arm um sie, während er sie hinaus in den Flur geleitete. Walter folgte ihnen wie ein Schatten.

Lexfield half seinem schönen Gast in den Mantel. Sie sah in ihrem Pelz noch schöner aus, reicher und allein deshalb für ihn noch begehrlicher. Sie hakte sich bei ihm ein, während Walter seinen kragenlosen, modisch geschnittenen Mantel anzog. Schließlich begleitete Gary Lexfield seinen Gast und dessen schweigsamen

Gefährten zum Wagen. Als er wieder in die Einsamkeit seiner Wohnung zurückkehrte, hatte er genügend Zeit, über das bedrohliche Interesse nachzudenken, welches das Silberne Dreieck ihm, und wohl auch seinen Handlungen, zuteilwerden ließ.

*

Wie gewöhnlich stand Lexfield am nächsten Morgen spät auf, und er war noch im Pyjama, als das Telefon klingelte. Er zögerte einen Moment, nach dem Hörer zu greifen, klärte seine Kehle und hob schließlich ab.

Wie erwartet war es Dolores. Und sie hatte Neuigkeiten, die Lexfield frösteln ließen.

»Ich habe mit Leon Gonsalez gesprochen«, sagte die Stimme am anderen Ende der Leitung. »Er war schon zum Frühstück hier und ließ durchblicken, dass man dich morgen wahrscheinlich wegen einer Sache in Australien verhaften würde.«

Lexfield spürte, wie ihm kalter Schweiß auf die Stirn trat. Er lachte auf, wie er es immer tat, wenn er sich in die Enge getrieben fühlte.

»Wegen einer Sache in Australien? Dolores, du glaubst doch nicht im Ernst, dass in Australien etwas gegen mich vorliegt? Man hätte mich doch gar nicht erst ausreisen lassen.«

»Ich sage dir nur, was er mir gesagt hat, Gary. Warum regst du dich so auf?«, sie lachte. »Er war wirklich nett und aufgeräumt. Er hat mir gesagt, dass er außerdem heute noch beantragen wird, dein Bankkonto sperren zu lassen.«

»Mein Bankkonto?«, erwiderte Gary Lexfield viel zu hastig, als dass sie nicht gemerkt hätte, wie nervös ihn die Nachricht machte. »Bist du dir dessen sicher?«

»Ganz sicher. Er will zu einem Richter oder zur Polizei gehen und Klage gegen dich einreichen.«

»Hm, dann soll er das gefälligst machen. Ich werde veranlassen, dass einer meiner Rechtsanwälte diese leidige Angelegenheit übernimmt und seinerseits einer Verleumdungsklage einreicht, und eine zweite wegen Rufschädigung. Wir können uns beruhigt zum Lunch treffen.«

»Bist du sicher, dass dir das momentan nicht etwas zu viel wird, Gary? Ich meine, du wirst heute bestimmt damit beschäftigt sein, deine Rechtsanwälte zu informieren. Ich könnte mir vorstellen, dass das sehr viel Zeit in Anspruch nehmen wird, und deshalb sollten wir vielleicht ...«

»Keine Sorge, liebe Dolores, meine Anwälte

gehören zu den besten und auch erfolgreichsten Londons. Die brauchen mich nicht dazu, diesem Leon Gonsalez das Schandmaul zu stopfen.«

»Nun, dann könnten wir uns wie vorgehabt um eins treffen.«

»Wunderbar - um eins bei mir«, sagte er mit einem schnellen Blick auf die kleine Uhr auf dem Kaminsims: Es war bereits halb zwölf. »Und wegen deiner Kapitalanlagen - natürlich wirst du es dir jetzt doch länger überlegen, nach allem, was du über mich gehört hast?«

»Daran habe ich eigentlich nicht gedacht, lieber Gary. Nein, ich glaube, ich sollte Mr. Gonsalez nicht ganz so ernst nehmen, denke ich? Immerhin kenne ich dich besser, als er denkt.«

»Überleg es dir sehr gut, mein Liebling. Du weißt, dass es viele Leute gibt, die mir nicht sehr wohlgesinnt sind. Es sind die Neider, die mir meine Erfolge und meinen gehobenen Lebensstil nicht gönnen. Doch wie du bestimmt selbst weißt, Neid und Missgunst anderer muss man sich erarbeiten. Und dass es mir gelungen ist, deine Liebe zu gewinnen, ist diesem Leon Gonsales bestimmt sauer aufgestoßen. Ein typisches Zeichen eines erfolglosen Privatdetektiv, dem es jahrein und jahraus an Geld mangelt. Solche Menschen gehören nicht zu meinem Bekanntenkreis.«

»Wir werden ja nicht sehr lange hier in London bleiben, nicht wahr?«

»Kaum. Sobald das Geschäftliche erledigt ist, bringe ich dich nach Maple Hill hinaus. Dort wirst du entscheiden können, ob du zu mir ziehen oder noch ein paar Wochen im Hanford-Haus verweilen willst.«

»Um deinen wertvollen Rat wäre ich dir sehr dankbar, Gary, und wüsste ihn bestimmt zu schätzen.«

»Nun, ich denke, wir sollten im November heiraten.«

»Hier in London?«

»Nicht unbedingt. Wie wär's mit Brasilien? Sag jetzt nichts, mein Liebling. Ich weiß, wie sehr du dich darüber freuen würdest, im Kreise deiner Familie zu heiraten. Und meine Eltern werden es sich nicht nehmen lassen, zur Hochzeit nach Brasilien zu fliegen.«

»Ich werde das sofort nach Hause schreiben«, rief sie erfreut. »Ich werde ...«

»Wir beide treffen uns zuerst zum Lunch treffen«, unterbrach er sie lachend. »Und die Kapitalanlage kann ich noch heute erledigen. Vergiss bitte dein Scheckbuch nicht. Und während den nächsten Tagen werden wir unsere

Heiratspläne schmieden und uns für unsere gemeinsame Zukunft große Ziele setzen. Du kannst dir gar nicht vorstellen, wie sehr ich mich freue, für immer mit dir zusammen zu sein und dir in allen deinen Projekten treu zur Seite zu stehen.«

»Wieviel soll ich denn fürs erste anlegen?«, fragte sie ihn. Er zögerte keine Sekunde. »Vierzigtausend, mein Liebling. Genau so, wie wir es abgesprochen haben.«

»Gut. Wir sehen uns in einer Stunde.«

»Ja. Beeil dich.«

Und wieder begann das Spiel mit dem Telefon, nur hatte Gary Lexfield diesmal keine Geduld. Beim dritten Mal legte er den Hörer auf. Er eilte in sein Schlafzimmer, strich sich kölnisch Wasser in die Achselhöhlen und zog sich hastig an.

Seine Bank befand sich in der Fleet Street. Die Fahrt dorthin erschien ihm unendlich. Außerdem lag ihm die Bank auch viel zu nahe am Gerichtsgebäude. Der Gerichtsbeschluss konnte vielleicht schon ausgeführt sein! Er parkte den gemieteten Rolls-Royce direkt vor dem Hauptportal. Mittags war in der Bank wenig Betrieb, und so musste er wenigstens nicht an einem der Schalter anstehen.

Der Schalterbeamte, ein hagerer Mann mit

einer randlosen Brille, war dabei, Pfundnoten abzuzählen. Er blickte Lexfield nur kurz von unten herauf an, während dieser einen Scheck ausstellte.

Er schob den Scheck unter dem Schaltergitter hindurch und sah mit angehaltenem Atem, wie er in die Hände des Buchhalters geriet, der die abgezählten Banknoten in einem Schubfach hatte verschwinden lassen.

»Ah, Mister Lexfield«, sagte der Beamte, als hätte er ihn erwartet. Lexfield merkte, wie ihm das Blut in den Kopf schoss, aber zu seiner unendlichen Erleichterung öffnete der Mann sein Schubfach und nahm das Notenbündel heraus, das er eben darin versorgt hatte.

»Neunzehntausend Pfund, Sir«, sagte er. »Würden Sie sich bitte einen Moment gedulden?«

Er machte das Schubfach wieder zu, ging nach hinten und redete mit dem Direktor der Bank. Gemeinsam verschwanden sie im Tresorraum, und als sie wieder erschienen, hatte der Beamte einen Leinensack in der Hand, der prall mit Banknoten gefüllt war.

»Entschuldigen Sie die Verzögerung, Sir«, sagte er. Dann begann er einige Notenbündel aus dem Sack zu nehmen, überprüfte jedes einzelne von ihnen, stapelte sie auf und schob sie schließlich dem nervösen Kunden zu. »Bitte unterschreiben Sie hier, Mr. Lexfield«, forderte er ihn auf, und Lexfield kritzelte seinen Namen unter die Quittung.

»Well«, sagte der Buchhalter, »da bleiben nur noch einige Pfund auf Ihrem Konto, Mister Lexfield.«

»Das weiß ich«, gab Gary Lexfield zur Antwort. »Heute Nachmittag erhalten Sie von mir einen Scheck über eine größere Summe, die meinem Konto gutgeschrieben werden kann.«

Dann fiel ihm ein, dass zu diesem Zeitpunkt die Sperrung schon in Kraft getreten sein könnte. Er musste also einen anderen Weg finden, den Scheck von Dolores Velasquez einzulösen.

Seine Erleichterung war so groß, dass seine Hände zitterten, als er das Geld einsteckte. Mit über neunzehntausend Pfund in der Tasche fuhr er zurück in die Jermyn Street, wo er zur gleichen Zeit wie Dolores eintraf.

Sie schien sich aufrichtig über sein Erscheinen zu freuen, fast so, als hätte sie nicht damit gerechnet, dass er kommen würde.

»Dieser Mr. Gonsalez war absolut sicher, dass du unsere Verabredung nicht einhalten wirst«, sagte sie in ihrer abrupten Weise. »Ich hätte ihm ins Gesicht lachen können. Er behauptete, du würdest morgen nicht mehr hier sein und dich auch heute nicht blicken lassen, falls ich dir sagen würde, dass er mich vor dir gewarnt hat.«

Gary Lexfield nahm sie beim Arm. »Das ist doch völliger Quatsch, mein Liebling«, sagte er leichthin. »Mach dir keine Kopfschmerzen über Leon Gonsalez. Meine Anwälte haben sich inzwischen bereits mit Scotland Yard in Verbindung gesetzt und bei Gericht eine einstweilige Verfügung erlangt. Außerdem war ich selbst im Yard, wo ich mich über ihn und seine beiden Spießgesellen an höchster Stelle beschwert habe.«

»Mit wem hast du dort geredet, Gary?«

»Dearborn heißt der Kriminalinspektor. Ein alter Freund von mir. Die Unterwelt nennt ihn Snake-Eye, wegen seiner kleinen stechenden Augen. Aber das Auffälligste an ihm ist, dass er immer verschnupft ist. Wenn du willst, mache ich dich eines Tages mit ihm bekannt.«

»Das wäre nett, Gary. Ich liebe es, deine interessanten Freunde kennenzulernen.«

Gary Lexfield führte Dolores in ein kleines, gediegenes Restaurant an der Ecke der Saint James Street. Dort mussten sie zehn Minuten warten, bis der Lunch serviert wurde, aber die zehn Minuten wurden gänzlich von den ge-

schäftlichen Besprechungen in Anspruch genommen. Dazu hatte sie Ihr Scheckbuch mitgebracht, schien aber nun doch nicht besonders
willig, es zu gebrauchen. Gary Lexfield gelang
es nur mit Mühe, Ruhe zu bewahren. Gonsalez
musste in ihr doch mehr Zweifel gesät haben,
als sie am Telefon hatte zugeben wollen. Tatsächlich wollte sie sich jetzt nicht mehr dazu
entschließen, die ganzen vierzigtausend Pfund
anzulegen. Von neuem brachte er Papiere und
Berechnungen hervor, die er ihr bereits am vor-
hergehenden Abend hatte zeigen wollen, und
erklärte ihr - wie nur er es konnte - die finanziell
so äußerst gute Lage der Gesellschaft - eine der
sichersten in Südafrika -, bei der er sie beteili-
gen wollte.

»Wir sprechen hier von einer grundsoliden
Firma, meine Liebe. Schau dir mal die Bilanzen
genau an. Wir gehen hier nicht das geringste
Risiko ein, zumal ich mit meinem Vermögen
dein Aktienpaket absichern werde.«

»Diese Aktien werden schon innerhalb der
nächsten vierundzwanzig Stunden um wenigstens zehn oder elf Prozent steigen«, versprach
er eindringlich. »Ich habe eine Anzahl für dich
zurückhalten lassen, muss sie allerdings noch
heute Nachmittag übernehmen. Mein Vorschlag
geht dahin, dass du mir gleich nach dem Lunch

einen Barscheck gibst. Ich fahre dann zu meiner Bank, kaufe die Aktien und bringe dir die entsprechenden Papiere in meine Wohnung, wo du auf mich wartest.«

»Aber warum kann ich denn nicht selbst hingehen?«, fragte sie harmlos.

»Weil das eine rein persönliche Angelegenheit zwischen Sir John Edmund Barringer und mir ist«, erwiderte Gary Lexfield und gab seiner Stimme jetzt mehr Schärfe. »Weißt du, allmählich glaube ich, dass du mir nicht vertraust.« Er schüttelte den Kopf. »Hier, schau her. Ich habe selbst neunzehntausend Pfund in bar bei mir, um selbst ein Aktienpaket zu kaufen. Die Umstände erfordern es, dass die Transaktion mit Bargeld erfolgt, mein Liebling.«

»Du weißt, dass es nicht nur mein Geld ist, Gary. Zum Teil ist es Kapital, dass mir mein Vater nicht ohne Bedenken anvertraut hat.«

»Genau, mein Liebling. Das weiß ich doch alles und ich habe großes Verständnis dafür. Wir haben es schon mehrfach besprochen. Glaubst du denn im Ernst, ein Makler meines Rufes würde mit einer solchen Summe leichtsinnig umgehen? Oder dich betrügen wollen. Würde ich mich damit nicht nur selbst betrügen? Wir werden heiraten, und dann gehört uns doch beiden alles zusammen. Außerdem weißt du doch, dass ich keineswegs auf dein Vermögen oder auf das deiner Familie angewiesen bin.«

»Dann lasse mich mit dir zur Bank fahren, lieber Gary.«

»Nein, ich habe Sir John versprochen, dass ich niemanden mitbringe. Er bestand darauf. Es ist eine überaus große Liebenswürdigkeit von Sir John, dass er mir die Aktien zu einem solch günstigen Kurs überlässt. Er geht dabei selbst ein großes persönliches Risiko ein.«

Zu seiner Erleichterung und großen Freude ließ sie sich endlich überzeugen und schrieb noch am Esstisch einen Scheck über zweiunddreißigtausend Pfund aus. Das war zwar nicht die volle Summe, aber er beklagte sich nicht. Er musste all seine Geduld zusammennehmen, um das Ende der Mahlzeit abzuwarten. Die kurze Pause, bis der Nachtisch serviert wurde, erschien ihm unerträglich lang. Und immer wieder kam Dolores auf ihre Kapitalanlage zurück, schien von neuem zu zweifeln und zu zögern, erwähnte dann noch einmal Gonsalez und seine letzte Warnung.

»Vielleicht ist es doch besser, wir würden noch einen Tag warten, was meinst du, Liebling?«

»Aber Liebste, vergiss doch diese lächerlichen Bedenken!« protestierte er. »Deine Sorgen sind umsonst. Glaube mir, dieser Gonsalez hatte nichts anderes im Sinn, als dich zu beunruhigen. Mir scheint, er hat das bei dir beinahe erreicht.«

Er erhob sich halb, aber sie griff nach seinem Arm und zog ihn wieder zurück. »Bitte vergib mir«, bat sie ihn. »Ich will nicht mehr an deiner Ehrlichkeit zweifeln, lieber Gary. Komm, setz dich wieder an den Tisch. Ich könnte es nicht ertragen, wenn du jetzt gehst.«

Widerwillig fügte er sich und sie gab ihm einen Kuss und legte ihre Hand auf die seine. Es gefiel ihm, wie sie sich um ihn bemühte. Vielleicht war alles, was Gonsalez ihr erzählt hatte, schon bald vergessen und er machte sich vergebliche Sorgen. Die Banken schlossen um halb vier. Danach hatte er noch Zeit genug, mit ihr nach Maple Hill hinauszufahren und sie dort Monk zu überlassen. Monk wusste, was er zu tun hatte. Diesmal musste jedoch alles schnell gehen. In derselben Nacht womöglich. In aller Frühe würde er dann zum Westminster-Pier fahren und den Kanaldampfer nehmen.

Endlich war Dolores bereit, aufzubrechen. Er führte sie in seine Wohnung. Sie war ganz aufgeregt und durcheinander, und sie wollte ihn einfach nicht gehen lassen.

»Komm«, sagte er, »wir trinken zusammen einen Scotch, und dann entspannst du dich.

Bis spätestens vier Uhr dreißig bin ich zurück, und dann fahren wir zusammen hinaus nach Maple Hill. Ich garantiere dir, dass du dich über unser Haus freuen wirst. Ich habe dich bereits meinem Diener angekündigt.«

Er überließ es ihr, den Scotch einzugießen. Währenddessen traf er noch ein schnell einige Vorbereitungen im Schlafzimmer, packte einen Koffer, und als er zurückkam, stand sie an der kleinen Bar und hob ihr Glas.

»Auf unsere gemeinsame Zukunft«, sagte sie lächelnd. »Und Gonsalez zum Trotz.«

»Jetzt gefällst du mir«, gab er lachend zurück, nahm sein Glas von der Theke und trank es auf einen Zug leer. Dann umarmten sie sich, und er führte sie zur Couch. »Leg dich besser ein Stündchen hin«, sagte er, und er wollte sich vorbeugen, um ihr behilflich zu sein, als merkte, wie ihm schwindelig wurde. Er ließ sie los und richtete sich auf. Sein Gesicht wurde leichenblass. Er taumelte, suchte kraftlos mit den Händen nach einem Halt und verlor sein Gleichgewicht. Sie hielt ihn fest, bevor er zu Boden stürzen konnte, und ließ ihn sanft auf die Couch gleiten. Seine Augen fielen zu, er stöhnte noch einmal leise, dann rührte er sich nicht mehr.

Gary Lexfield merkte nicht, wie die Frau, die

er hatte um ein Vermögen betrügen wollen, schnell, aber sorgfältig seine Taschen durchsuchte. Sie fand nichts, was sie hätte mit Elsa Monarty in Verbindung bringen können, außer den Schlüsseln zu seinem Haus in Maple Hill und den Wagenschlüsseln.

Sie nahm die Tasche, die prall mit den Banknoten gefüllt war, vom Tisch und steckte ihren eigenen Scheck ein. Sie gab sich keine Mühe, irgendwelche Spuren zu verwischen. Auch die Gläser ließ sie auf der Bar zurück. Wer sollte schon nach den Spuren des starken Mittels suchen, das Gary Lexfield zu einem unfreiwilligen Tiefschlaf verholfen hatte?

Dolores Velasquez oder Claro May, wie sie sich demnächst wieder nennen wollte, verließ den Salon, ging durch den langen Flur und öffnete die Wohnungstür.

Zu ihrer Überraschung wurde sie draußen erwartet.

9. Kapitel

**Tote tragen keinen Schmuck**

Monk war unruhig. In seinem Kopf summte es. Er trommelte mit den Knöcheln seiner Fäuste gegen die harten Verwachsungen auf seiner Stirn, aber die bohrenden Schmerzen wollten nicht aufhören. Und deutlich hörte er die Stimme aus dem tiefen Loch unter der Falltür. Die Stimme der toten Frau.

Monk hatte keine Ahnung, wieviel Uhr es war, als er Motorengeräusch hörte. Er vermutete, dass Mister Lexfield zurückkehrte, wahrscheinlich mit der Dame aus Brasilien.

So schnell es ihm seine krummen Glieder zuließen, eilte er die steile Steintreppe hinauf. Er war überrascht als er feststellte, dass es draußen bereits dunkel war. Nirgendwo im Haus brannte Licht. Monk kletterte auf den Schemel im Hausflur und spähte durch das Rundfenster hinaus. Er konnte die Lichtkegel der Scheinwerfer sehen, die über die Hügel huschten, über die Bäume des Parks strichen und die Straße ausleuchteten. Aber es war nicht nur ein Auto. Es waren drei, und da Mr. Lexfield noch nie mit Gästen hergekommen war, wurde Monk unsicher.

Er zündete kein Licht an. Und er versteckte

sich im Flur hinter einem Sockel, auf dem eine Nachahmung der Venus von Milo stand. Auch wenn im Flur Licht gemacht wurde, war dort die dunkelste Ecke, und falls es sich bei den Besuchern tatsächlich um Mr. Lexfield und Gäste handelte, dann konnte er immer noch eine günstige Gelegenheit nutzen und durch das Kellergewölbe in die Gruft entkommen.

Es dauerte lange, bis die Autos draußen hielten. Monk hörte Stimmen. Fremde Stimmen. Diejenige von Mr. Lexfield war nicht unter ihnen.

»Scheint verlassen zu sein, Roos«, sagte eine der Stimmen. »Nirgendwo ist Licht.«

»Im Dorf sagte man, dass ein Verwalter hier sein muss, auch wenn es nicht den Anschein hat.«

»Well, dann versuchen wir halt mal, ob die Schlüssel passen, nicht wahr, meine Liebe.«

»Nennen Sie mich bitte nicht meine Liebe«, entgegnete eine Frauenstimme kühl. Ein Mann lachte. Und die Stimme des ersten Mannes sagte: »Da gibt es verdammt nichts zu lachen, Roos.«

»Sehr wohl, Sir«, sagte die hellere der beiden Männerstimmen.

»Sorgen Sie dafür, dass alle Ausgänge bewacht werden, Roos. Los, worauf warten Sie noch! Ich will nicht, dass uns der Verwalter entkommt, falls er überhaupt im Haus ist.«

Monk zitterte am ganzen Leib. Ganz deutlich konnte er hören, wie ein Schlüssel ins Schloss gesteckt wurde.

»Passt«, sagte der Mann, den der andere Sir genannt hatte. Die Tür knarrte leise, als sie aufging. An den schlanken Marmorbeinen der Venus vorbei konnte Monk zwei dunkle Gestalten sehen, die regungslos in der Türöffnung standen. Ein Mann und eine Frau. Sekunden verstrichen. Hinter den beiden Gestalten bewegte sich eine andere. Metallene Abzeichen und Uniformknöpfe blinkten im schwachen Mondlicht. Der Mann gab leise Befehle.

Plötzlich wurde Monk von dem grellen Licht einer Taschenlampe geblendet. Der Strahl traf ihn und verharrte auf ihm. Er war nicht schnell genug, den Kopf einzuziehen.

»Mein Gott«, rief die Frau aus. »Wer ist das, Inspektor?«

Monk duckte sich. Die Taschenlampe leuchtete die Venus ab, und schließlich blieb der Lichtkegel am gleichen Fleck an der Wand.

»Kommen Sie mit erhobenen Händen hinter dem Sockel hervor!« befahl die Männerstimme hart. »Machen Sie keine Umstände, wer immer Sie sind. Dies ist die Polizei - Inspektor

Dearborn, Scotland Yard.«

Monk rührte sich nicht.

Fast eine Minute lang blieb es still. Schließlich hörte er Flüstern. Er konnte die Worte nicht verstehen, aber dann kam noch einmal eine Aufforderung, sich zu ergeben. Und eine Warnung. »Das Haus ist umstellt. Die Beamten sind aufgefordert, von ihren Waffen Gebrauch zu machen. Sie haben zehn Sekunden, sich zu stellen! Zehn Sekunden. Mehr nicht.«

*

Philander Dearborn hatte seinen Revolver gezogen und die Taschenlampe der Frau neben sich gegeben, von der er nun wusste, wer sie wirklich war.

»Gehen Sie doch nicht hinein«, bat die Frau. »Vielleicht ist er ebenfalls bewaffnet.«

»Schön, dass Sie sich Sorgen um mich machen«, gab Dearborn kurz zurück. Dann ließ er sie stehen. Langsam ging er durch die Halle auf den Sockel zu.

Etwa zehn Schritte davon entfernt blieb er stehen. »Stellen Sie sich!«, sagte er heiser. »Wer immer Sie sind, kommen Sie mit erhobenen Händen hervor!«

Ein gurgelndes Geräusch war die Antwort.

Dearborn fuhr zusammen. Der Lichtkegel an der Wand bewegte sich plötzlich, huschte über die Venus und an der Wand hinauf, fast bist zur gewölbten Decke.

»Bleiben Sie bitte unten mit dem Licht!« rief Dearborn. »Herrgott, was ...« Er sprach nicht weiter, denn in diesem Moment tauchte neben dem Sockel ein Schatten auf, eine Gestalt, ein heller Fleck, ein Gesicht. Und was für ein Gesicht. Das Licht traf dieses grässlich verstümmelte Antlitz mit dem einen Auge, in dem ein Irrlicht funkelte.

Die Gestalt bewegte sich.

»Bleiben Sie sofort stehen!«, befahl Philander Dearborn, aber die schattenhafte Gestalt bewegte sich jäh, kroch die Wand entlang auf eine dunkle Türöffnung zu.

Dearborn vermochte den Revolver in seiner Hand nicht abzudrücken. Es schien ihm fast, als hätte er hier ein waidwundes Tier aufgestöbert. Gebannt blickte er der Gestalt nach, bis sie in der Finsternis verschwand. Dann drehte er sich nach Claro May um. »Folgen Sie mir, bitte, und halten Sie um Gottes willen die Taschenlampe ruhig.«

Peter Roos, der Kriminal-Unterkommissar, stürzte von draußen herein. »Ist jemand hier?«, fragte er.

»Kommen Sie mit, Roos!« befahl Dearborn. »Aber stellen Sie einen Posten beim Portal auf!«

Den anderen beiden voran stieg Inspektor Dearborn die Steintreppe hinunter. Sie führte in ein feuchtes Kellergewölbe mit mehreren Kammern. Von der Gestalt war nichts mehr zu sehen und zu hören, aber plötzlich wehte ihnen ein kalter Luftzug ins Gesicht.

»Aufpassen, dort draußen lauert einer!« rief Peter Roos, der sofort das Richtige vermutete. Kaum war seine Warnung nämlich verhallt, peitschte ein Revolverschuss auf. Dann Stimmen, die durcheinanderriefen. Erst nach einer Weile kehrte Ruhe ein.

»Er ist ihnen entwischt«, schnaufte Dearborn und ging weiter. Claro May und Peter Roos folgten ihm dichtauf. Sie erreichten einen Gang, der kaum breiter war als ein halber Meter. Nach links schien er ins Freie zu führen. Rechts war es stockdunkel. Dearborn ließ sich die Taschenlampe geben und leuchtete in den Flur hinein. Das Licht durchdrang die Finsternis, und Claro May, die sich vorgebeugt hatte, um ebenfalls etwas sehen zu können, stieß einen Schrei des Entsetzens aus. Ihr Blick fiel auf eine Frauengestalt, die etwa zehn Meter von ihnen entfernt, halb gegen die Wand gelehnt, am Boden lag.

»Elsa!« rief Claro May leise, aber die Frau am Ende des Flures reagierte nicht. Regungslos lag sie dort, ohne ein Anzeichen, dass sie noch lebte.

»Mein Gott«, flüsterte Philander Dearborn beinahe andächtig und zwängte er sich zwischen den feuchten Mauern hindurch bis zum Ende des Flures.

\*

Gary Lexfield hatte keine Ahnung, wo er sich befand, als er erwachte. Sein Schädel brummte. Die Zunge klebte am Gaumen. Licht blendete ihn und schmerzte in seinen Augen. Langsam richtete er sich auf und langte nach seinem Kopf, der mindestens so groß schien wie ein Riesenkürbis, mit dem Kinder Fußball gespielt hatten.

»Kopfschmerzen, mein lieber Freund?«, fragte eine Stimme, die ihm bekannt vorkam. Der Zwergschnauzer fiel ihm ein. Mr. Smith.

»Georg Henry«, hörte er sich selbst sagen, während er herumfuhr.

»Erraten, Gary. Ich ging zufällig unten vorbei und sah Licht brennen. Ich dachte, da schau ich mal vorbei, und siehe da, auf mein Klopfen antwortete niemand. Aber die Tür war einen Spaltbreit offen, da nahm ich mir die Freiheit, einzudringen. Darf ich Ihnen einen Scotch anbieten, Gary?«

Allmählich kehrten die Erinnerungen zurück, und Gary Lexfield spürte, wie ihm übel wurde. Er hätte einen Scotch vertragen können, aber als er sich erheben wollte, knickten die Knie unter ihm ein, und er fiel auf die Couch zurück.

»Ich weiß ... ich weiß, wer Sie sind, Henry!«, stieß er hervor. »Sie heißen gar nicht Henry! Und wir sind auch keine Nachbarn.«

Der Mann lächelte, goss ein Glas voll und hielt es Lexfield entgegen. Dieser griff hastig danach und trank einen Schluck. Dabei fiel ihm das Geld ein. Sein Geld, das er auf der Bank abgehoben hatte. Die Tasche. Er blickte sich um. Sie war weg.

Ächzend versuchte er erneut, sich zu erheben. Diesmal gelang es ihm. Er schwankte weg von der Couch bis zum Wohnzimmerschrank. Dort, in der oberen Schublade links, befand sich ein Revolver. Französisches Modell. Er öffnete die Schublade, aber der Revolver war nicht da. Er drehte sich seinem Gast zu, und der hatte in einer Hand das Whiskyglas und in der anderen den französischen Revolver, diesen allerdings recht nachlässig.

Lexfield kniff die Augen etwas zusammen. »Was wollen Sie denn noch von mir, Manfred?«, fragte er. »Der sind Sie doch! George Manfred vom Silbernen Dreieck.«

»Hervorragend geraten, Lexfield«, spöttelte Manfred. »Wie kommen Sie darauf?«

»Ich wusste es, als sie mir von Gonsalez erzählte.« Gary Lexfield lachte gehässig auf. »Ihr arbeitet zusammen, nicht wahr? Aber es wird euch nicht gelingen, mir irgendetwas anzuhängen, Manfred. Ich habe Miss Velasquez nicht betrogen. Ich habe es ehrlich mit ihr gemeint und habe weder ihren Scheck in meinem Besitz noch einen Groschen, der ihr gehören könnte. Im Gegenteil, sie hat mich bestohlen. Was wollen Sie also?«

»Eine Antwort, Lexfield. Nur eine Antwort.«

Lexfield grinste und schlurfte zu seinem Stuhl. Er setzte sich darauf und blickte Manfred schief an.

»Aus mir kriegt keiner was raus, Manfred. Das kann ich Ihnen garantieren.«

»Sie haben doch Elsa Monarty umgebracht!«, sagte Manfred kalt.

Lexfields Augen verengten sich. Das war die einzige Reaktion, die dieser mit allen Wassern gewaschene Betrüger zeigte. Schließlich grinste er sogar. »Wer ist das?«, fragte er. »Elsa Monarty? Von der habe ich noch nie im Leben gehört.«

»Sie waren mit ihr in Zürich, Lexfield. Das lässt sich leicht nachweisen.«

»Dann versuchen Sie's doch. Und selbst wenn man rauskriegt, mit wem ich in Zürich war, was hätte das schon zu bedeuten?«

»Elsa Monarty ist spurlos verschwunden, Lexfield.«

»Dann geben Sie doch gefälligst eine Vermisstenanzeige auf!«, höhnte Gary Lexfield, und George Manfred hätte ihm am liebsten eine geknallt. In diesem Moment aber läutete die Türglocke. Lexfield hob den Kopf. Das Licht in seinen hellen Augen flackerte plötzlich. Er hatte Angst.

»Machen Sie die Türe auf, Lexfield«, befahl ihm Manfred. »Dies ist Ihre Wohnung, nicht wahr?«

Schweiß glitzerte plötzlich auf Gary Lexfields Stirn. Er erhob sich langsam und ging zögernd in den Flur hinaus. Vor der Tür blieb er stehen.

»Wer ist da?«, fragte er gepresst.

»Scotland Yard!« kam die sofortige Antwort.

»Kommissar Dearborn«.

Lexfield zuckte zusammen. Er schaute sich nach Manfred um. Der stand im Türrahmen am

179

anderen Ende des Flures und lächelte beinahe sanft. »Öffnen Sie!«, sagte er. Gary Lexfield schluckte. Dann griff er nach der Türklinke.

*

Inspektor Philander Dearborn ließ es sich nicht nehmen, Gary Lexfield eigenhändig die Handschellen anzulegen. Dies, so vermutete George Manfred, tat er mehr aus ganz persönlichen Gründen, als nur um seiner Dienstpflicht als Kriminalbeamter nachzukommen. Normalerweise überließ er solche Arbeiten großzügig seinem direkten Untergebenen, Peter Roos, es sei denn, Zeitungsreporter und Fotografen waren in der Nähe.

»Sie sind verhaftet, Mister Lexfield, und ich mache sie darauf aufmerksam, dass alles, was sie sagen, vor Gericht gegen Sie verwendet werden kann.«

»Vor Gericht? Sie wollen mich vor Gericht bringen?« Lexfield lachte gehässig auf. »Was habe ich denn getan? Mich mit einer Frau eingelassen, die mich belogen und betrogen hat.«

»Sie werden des Mordes verdächtigt, Mr. Lexfield, nicht wegen einer Bagatelle. An ihrer Stelle würde ich so schnell wie möglich einen

Anwalt benachrichtigen. Im Yard haben sie dazu Gelegenheit, einen Anruf zu tätigen, bevor sie eingesperrt werden.«

Obwohl er wusste, auf was er sich einließ, begann Lexfield den Inspektor zu beschimpfen und zu bedrohen. Er nannte ihn einen Vollidioten, der froh sein konnte, dass es Berufe gab, die mit dem Geld der Steuerzahler entlohnt wurden. »Sehen Sie denn nicht ein, dass Sie nicht die geringste Handhabe gegen mich haben? Mord! Wer hat ihnen denn diesen Mist gesteckt, Dearborn? Etwa die drei Ganoven vom Silbernen Dreieck? Glauben Sie im Ernst, ich würde mein angenehmes Leben aufs Spiel setzen, um mit meinen Frauenbekanntschaften fertig zu werden?«

»Der Richter hat auf jeden Fall keine Sekunde gezögert, den Haftbefehl auszustellen, Mr. Lexfield«, entgegnete Dearborn mit zynischer Freundlichkeit. »Und ich glaube, er wird auch nicht lange zögern, Sie zum Tode zu verurteilen.«

»Wofür? Wen soll ich denn ermordet haben? Hier, schauen Sie sich meine Hände an! Ist da Blut dran? Im Gegenteil, ich wurde zum Opfer dieser Dame dort, die sich mit meinem Vermögen bereichert hat. Lassen Sie doch mal bitte die Gläser dort untersuchen. Da sind

Fingerabdrücke dieser Dame drauf. Und in meinem Glas, von dem ich getrunken habe, wird man Gift finden.«

»Sie beschuldigen die Dame also des versuchten Giftmordes, Mister Lexfield?«, fragte Dearborn und ließ die Handschellen einrasten.

»Nein. Aber sie hat mir ein starkes Schlafmittel gegeben und mir dann neunzehntausend Pfund in bar abgenommen.«

Dearborn schüttelte den Kopf. »Das glauben Sie doch selbst nicht, Mr. Lexfield. Ausgerechnet Ihnen soll das passiert sein! Sie sind es doch, der die Kunst des Schwindelns und der Hochstapelei beherrscht, nicht wahr. Wollen Sie jetzt etwa behaupten, dass Sie mit Ihren eigenen Waffen geschlagen wurden?« Dearborn lachte auf. »Nanana, mein Lieber, was meinen Sie, wie viele Leute sich ins Fäustchen lachen würden, wenn sie davon erführen. Sie würden auf Ihre letzten Tage hin zum Gespött von ganz London werden, und das ...«

»Ersticken Sie an ihren Worten, Dearborn!«, fiel Lexfield dem Inspektor heftig ins Wort. »Ich werde nicht sterben. Man wird mich niemals vor ein Gericht stellen können. Es liegt nichts gegen mich vor. Nicht in Australien und nicht hier.«

»Dann darf ich vielleicht nur einen Namen

nennen, Lexfield«, sagte Dearborn, und jetzt klang seine Stimme eisig. »Elsa Monarty!«

»Was ist mit ihr?« Lexfield lächelte ein fast gequältes Lächeln. »Ich habe nichts mit ihr zu tun. Ich traf eine junge Dame in Monte Carlo. Wir fuhren nach Zürich und flogen dann hierher. Wir planten zu heiraten, aber dann hat sie es sich anders überlegt und ist abgehauen. Fragen Sie mich nicht, wohin. Sie muss Gründe gehabt haben. Ich kümmere mich nicht um solche Dinge und laufe keiner Frau hinterher, glauben Sie mir!«

»Nun, es wird sich herausstellen, ob Sie die Wahrheit sagen oder nicht. Wir haben Miss Monarty nämlich gefunden.«

Lexfield konnte nicht mehr verhindern, dass ihm das Blut aus dem Gesicht wich. Ungläubig starrte er den Inspektor an. »Das ... das ist unmöglich!«, stieß er hervor. Dann lachte er gehässig auf. »Sie haben eine Tote gefunden, nicht wahr? Sie ist tot, und jetzt will man mir einen Mord anhängen.«

»Kommen Sie, Lexfield!«, sagte der Inspektor und gab Peter Roos mit einer Kopfbewegung zu verstehen, dass er den Gefangenen abführen sollte.

Peter Roos nahm Lexfield am Arm. »Machen Sie keine Umstände, Sir«, sagte er kalt, und obwohl Lexfield protestierte, wurde er mit sanfter Gewalt aus dem Haus geschafft und im Dienstwagen, der am Straßenrand wartete, untergebracht.

Dearborn wandte sich Manfred und Claro May zu. »An Ihrer Stelle würde ich zusehen, dass ich den nächsten Flug kriege, Madam«, sagte er nicht gerade freundlich.

»Zuerst muss Lexfield überführt sein, Inspektor«, erwiderte sie bestimmt. »Ich komme mit.«

Dearborn warf Manfred einen fast hilflosen Blick zu, hob die Schultern und ging die Treppe hinunter. George Manfred und Claro May folgten ihm. Hinter ihnen verriegelte ein Beamter von Scotland Yard die Wohnungstür und hängte ein Siegel ans Schloss. Lexfield würde nie mehr hierher zurückkehren.

*

Es war ziemlich kühl im Leichenschauhaus von Scotland Yard. Die gekachelten Wände glänzten blitzblank. In den Chromstahltüren der Kühlfächer spiegelten sich verzerrt die fünf Männer und die Frau, die nacheinander den Raum betraten.

Den Anfang machte der Leichenbeschauer, Dr. B. G. Upton. Ihm folgten Manfred und Claro

May. Dann kam Lexfield, mit Handschellen gefesselt, hinter ihm Inspektor Dearborn. Den Abschluss machte Peter Roos.

»Bitte folgen Sie mir«, sagte der Arzt, der einen weiße Arbeitskittel trug, an dem ein paar Blutflecken waren. Er führte seine Gäste vorbei an den Kühlfächern in einen kleinen Raum, der mit großen Glasfenstern abgetrennt war. Hier, auf dem Schragen, lag eine Leiche, die mit einem weißen Laken zugedeckt war. Nur die Füße ragten unten heraus, und an einem Zeh war ein Schild festgemacht, mit einer Nummer drauf, einem Datum und dem Namen Elsa Monarty.

Gary Lexfield wurde beinahe schlecht, als er den Namen las. Er gab sich aber Mühe, sich nichts anmerken zu lassen. Im Gegenteil, sein Gesichtsausdruck wurde immer trotziger. Er war bereit für alles, was da kommen sollte.

»Ich darf die Herrschaften vielleicht kurz vorbereiten«, sagte Dr. Upton. »Bei der Toten handelt es sich zweifellos um Elsa Monarty. Sie wurde einwandfrei identifiziert. Ich...«

»Von wem?«, fragte Lexfield scharf dazwischen.

»Von mir«, antwortete Claro May. Und jetzt war ihr Gesicht wie eine Maske. Ihre Augen blitzten auf.

»Von dir? Wie willst du sie gekannt haben?«
Lexfield lachte höhnisch auf. »Sie war nie in
Brasilien.«

»Ich auch nicht«, erklärte Claro May. »Und
mein Name ist auch nicht Dolores Velasquez,
Lexfield. Mein Name ist Paula Monarty. Ich
bin Elsas Schwester.«

Das war selbst für Manfred und Dearborn
eine Überraschung. Beide starrten Claro May
ungläubig an. Sie nickte ihnen kurz zu und
wandte sich dann an den Arzt.

»Bitte fahren Sie fort.«

»Nun, eigentlich gibt es nicht viel mehr zu
sagen.« Dr. Upton griff nach dem Laken und
hob ihn vom Gesicht der Toten.

»Geben Sie zu, diese Frau um ihre Ersparnisse
betrogen und sie anschließend umgebracht zu
haben, Mister Lexfield?«, fragte Dearborn mit
rauer Stimme.

Lexfield hielt den Atem an. Gebannt starrte
er auf das wächserne Gesicht nieder. Wie konnte es sein, dass Elsa so aussah, als wäre sie
eben erst gestorben? Hatte Monk ihn angelogen?
Hatte er es versäumt, sie rechtzeitig umzubringen? In seinem Kopf wirbelten die Gedanken
durcheinander, und er hörte, wie Inspektor
Dearborn seine Frage noch einmal wiederholte.

»Geben Sie zu, dass Sie diese Frau um ihre

Ersparnisse betrogen und sie anschließend umgebracht haben?«

»Nein!« hörte sich Lexfield sagen. Und in seiner Panik begann er zu lügen, wie er es gewohnt war. Er bestritt, die Frau auf dem Schragen überhaupt zu kennen. Er behauptete, die Frau, die er in Monte Carlo kennengelernt hatte, wäre eine andere gewesen. »Mit dieser hier hatte ich nie etwas zu tun. Oder versuchen Sie doch zu beweisen, dass ich mit dieser Frau nach England gereist bin. Zeigen Sie mir ein Flugbillett. Bringen Sie mir einen einzigen Zeugen, dann ...«

Manfred griff in die Tasche und holte einen Ring heraus. Er zeigte ihn Lexfield, der die Lippen fest zusammengepresst hatte.

»Ist Ihnen vielleicht dieser Ring bekannt, Mr. Lexfield?«, fragte Manfred ruhig.

»Klar! Das ist der Ring, den ich Dolores ...« Er brach ab. »Ich habe diesen Ring dieser Frau dort geschenkt. Beweist das etwa nicht meine ehrlichen Absichten? Dieser Ring ist nämlich ein Vermögen wert.«

Der Arzt bat um den Ring. Dann griff er unter das Laken und nahm die Hand und den Arm der Toten hervor. Sanft steckte er ihr das teure Schmuckstück an den Ringfinger.

»Was soll das?« lachte Lexfield heiser. »Dieser

Ring passt Tausenden von Frauen.«

»Aber nur an einer Hand hinterließ er eine seiner ausgefallenen Form entsprechende helle Stelle«, sagte Inspektor Dearborn kalt. Er war es, der Elsa Monarty den Ring vom Finger nahm, und deutlich konnte man jetzt die Stelle sehen, die beinahe weiß war, während die übrige Hand eine fast natürliche Tönung hatte.

Eine natürliche Tönung! Wie war das möglich. Elsas Gesicht war genauso weiß wie das Bettlaken. Lexfield starrte auf die Tote nieder, und er fiel beinahe in Ohnmacht, als sich ihre Augen öffneten.

»Monk!« keuchte Lexfield.

Elsa Monarty hob den Kopf etwas an. Sie war schwach und müde, aber ein Lächeln glitt über das weiß gepuderte Gesicht.

»Er brachte es nicht übers Herz, mich umzubringen, Gary«, sagte sie mit leiser Stimme, und Peter Roos musste Lexfield stützen, sonst wäre er auf der Stelle zusammengebrochen.

*

Madame Dolores Velasquez verließ England noch am selben Tag. Dearborn brachte sie zum Croydon Aerodrome hinaus. Er stellte ihr keine Fragen, und sie versuchte nicht, ihm irgendetwas zu erklären. Er wusste, wer sie war. »Claro May«, eine Frau, die von den Polizeibehörden mehrerer Staaten gesucht wurde, die ältere Tochter von Richard Monarty, dem Oberhaupt der internationalen Organisation, deren Geschäftspraktiken sich in keinem Land mit bestehenden Gesetzen vereinbaren ließen.

Eigentlich hätte er sie festnehmen müssen. Aber das wollte er nicht.

»Passen Sie bitte auf meine Schwester auf«, bat sie ihn, als sie das Flughafengebäude betraten. »Sie hat in den vergangenen Wochen viel Schreckliches durchmachen müssen.«

»Sobald sie sich erholt hat, wird sie erst mal nach Paris fliegen«, versprach Dearborn. »Und wo treffen wir uns, wenn wir uns mal sehen wollen?«, fragte er, bevor sie sich anschickte, durch die Passkontrolle zu gehen.

»Überall, wo Sie möchten«, gab sie zurück. »Ich werde mir dazu einen passenden Namen zulegen und einen neuen Reisepass ausstellen lassen.«

»Schottland«, sagte er. »Manfred hat mich auf die Idee gebracht, mal Urlaub in Schottland zu machen. Im Frühling. Was halten Sie davon?«

»Schreiben Sie mir«, sagte sie, dann ließ sie ihn stehen, kam ohne Schwierigkeiten durch die Kontrolle und blickte sich noch einmal nach ihm um, während sie die Gangway hinuntereilte.

Ihr Flug nach Paris war angesagt, und Dearborn verließ den Croydon Aerodrome, fuhr in die Stadt zurück und traf sich in der Curzon Street mit Manfred.

»Man hat Monk nirgendwo aufgestöbert«, erzählte ihm Manfred. »Den ganzen Park hat man abgesucht und die Kellergewölbe. In einer Gruft stieß man auf eine Falltür. Darunter, in einem Loch, fand man die Leiche einer Frau, die Monk wahrscheinlich vor länger als einem halben Jahr im Auftrag von Lexfield umgebracht hat.«

»Dann wird Lexfield also dem Henker doch nicht entgehen«, sagte Philander Dearborn zufrieden und holte seine Nasentropfen aus der Manteltasche.

\*\*\*

*Weitere Krimis bei*

*Die Krimi-Reihe beim ARAVAIPA-Verlag.*
*„Es ist unmöglich von Edgar Wallace nicht gefesselt*
*zu sein".*

**Das Silberne Dreieck**
**und**
**Das Bilderrätsel**

ISBN 978-3-03864-916-8

**Das Silberne Dreieck**
**und**
**Der dritte Zufall**

ISBN 978-3-03864-931-1

www.aravaipa.ch

Das Silberne Dreieck
und
Der Tote im Park

ISBN 978-3-03864-918-2

Das Silberne Dreieck
und
Der Sänger in der Kirche

ISBN 978-3-03864-919-9